我生在 1994，我是不是老了

陈鹿鹿———— 著

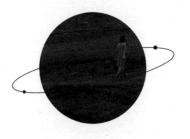

河南人民出版社

Lara

1994 年 8 月 29 日
生于南京　现居北京

她的名字已经很多次出现在新闻里了，以"女神""学霸""复旦""哈佛"等等名词。如今又添上了"央视记者"。不过，女神的生活不总是报道里的光鲜。记者不是一个轻松的职业，却是她四五年前就做好了的决定。做"新闻民工"，要经常出差，要为了画面去攀爬电线铁塔。"没有时间放松，事情总是做不完，晚上刚想翻开书看一看，就会有电话打过来，假期经常突然要加班审片，就只能让男朋友等上四五个小时。"

她自然也会觉得累。可一想到还有更多一线记者更辛苦，她也就觉得自己的累不值一提了。"得时刻提醒自己不能忘了学习。这世界变化太快了，要对一切保持好奇啊。如果记者自己都不了解，又怎么敢说给观众听呢？"

晓非

1994 年 2 月 18 日（农历）
生于新乡　现居舟山

在舟山做科研的日子并没有旁人想的那么有趣，那儿只有七家餐馆，就算每天换着吃，也早就腻了。海边也不浪漫，近海浑浊，去一趟杭州要坐大巴穿过跨海大桥耗上四五个小时。这些年你瞧他总是傻乐着，但一去问，却连一件真正开心的事也想不出。读研且不让吸猫的这两年时间里，他养了几百盆多肉，多肉不会说话，但让他感到安宁。

"如果你以后的女朋友不喜欢这些多肉怎么办？丢掉？"
"不，"他摇头，"我会耐心让她看到它们的好。"

这些起初娇嫩，越到后来却越是顽强的植物，让他想到了哥哥。"我妈经常说，如果哥哥没有先天性疾病，就不会有我在这世上了。我不知道该感谢他还是嫉妒他，其实，直到高中我才真正接受了他就是我生命里的一部分，但往后，再也割舍不下了。"

唐

1994 年 2 月 27 日（农历）
生于武陵源　现居上海

他原是军人，因伤退伍转业。脱下军装回到家的第四个月，坚持了五年半的生物钟就毫无声息地消失了，像从来没有存在过一样。
"你后悔吗？""一点儿也不。"

军校四年，从2011年到2015年，一切都飞速变迁，同龄人都从翻盖机换成了智能机，忙于社团、实习、恋爱，而他们的手机一礼拜才下发一次，那一天，铺天盖地全是来自外界的冲击。"那种生活不属于我，我属于自由。"于是他跟着亲戚来上海创业，和朋友挤在一间卧室，从最基础的办公自动化学起。

如今他像是一个人在过着两个人的生活。他双胞胎的哥哥在消防大队，常常向往远方的世界。他这样出来，好像是代替了哥哥出来一样。他替哥哥闯荡大城市，把每个夜晚当作工作的间歇；哥哥替他守在家门口，过着相对充裕的生活。

这样，竟像是完整了两个人生。

杉杉

1994 年 3 月 29 日（农历）
生于包头　现居香港

"研究生一毕业我就把电话卡扔了，把信用卡剪了，跑去意大利实习，想着赶紧走吧，老子这辈子都不要回到香港了。" 再也不要过那种交着昂贵房租还只能和合不来的室友一起蜗居五平方米的日子了。可后来她还是回了香港。她说，不过是那时那地能提供一份待遇不错的工作，还能经常出国。但藏匿其中的，也不是完全没有思念。

"肯定会有憋屈的时候。" 刚回香港，她半年就搬了三次家，房租永远不会低于四千，房间永远不会大于五个平方。一个本来很爱收拾屋子添置家装的女孩，变得不敢多买东西，这样，下次搬家时才可以28寸行李箱就能拖走所有行李。
"香港有山有海，家里地方又小，户外运动就很受欢迎，行山啊，夜跑啊，出海啊。" 这些也逐渐占领了她自已的朋友圈动态，生活这样丰盛，似乎连爱情都变得可有可无起来。但她仍在修改着简历，一旦大陆有更好的机会，应该二话不说就会打包离开。
"对我来说，遇到有意思的人总是比在哪个城市更重要吧。"

闷恒

1994 年 9 月 9 日（农历）
生于桑植　现居深圳

"其实如果给我一个机会，我都不想做人，所以也没什么特别不想忘记的事。"她说自己是个悲观主义者，眼里似有若无的哀伤佐证了这一点。那些在旁人眼里是彰显"孤独等级"的事情，像一个人搬家、旅行、逛街、看电影、去医院，还有一个人点超大比萨吃，对她来说都没什么大不了，她不觉得那是孤独。

但她仍然会焦虑，异国恋都只能排在焦虑的第二名，一直找不到感兴趣的职业是最大的难题，换了几份工作，还是没有方向。她很敬佩的一个 leader 告诉她，坚持找下去是能找到的，只不过多数人在找到之前就放弃了。
所以她还在不断地尝试着。
"小时候爸妈也不怎么管我，我是爷爷奶奶带大的。最怀念的，可能是高中下晚自习后回到家，奶奶还会给我做蛋炒饭，陪着我吃完。"
"不过很惨的是，"她顿了顿，"念大学时，二老就相继离世了。"

汪丁丁

1994 年 8 月 15 日（农历）
生于桑植　现居上海

"我有好多套规划，都是吃饭睡觉随时开脑洞想出来的，主线是事业，加上一系列支线剧情，比如结婚、生娃、劈腿……"

"劈腿？？？"

"我乱说的。"

你很难看出她骨子里的要强。绩点全系第一，一沓荣誉证书……不是每个学霸都自带外挂出生，她的"觉醒"来自某次期中考试高数拿了54分，急了，一顿猛学，期末居然得了满分。

"就突然尝到了努力的甜头，这种感觉会上瘾，从此再也不能容忍自己停在

中间，不进则退。"加上那时候还带点儿自卑，"刚去上海看见高架都会惊讶，哇，好多立交桥欸！"这种想要证明点儿什么的冲动也让她走了不少弯路。等到保研的时候，才发现大多看似风光的成绩，都没有带来实质的竞争力。她知道，是时候沉淀下来了。

"那天妈妈打电话说奶奶快不行了，我上午答辩完，下午就直接飞回去。生命即将结束的气氛太可怕了。人还是要努力活着，等走到最后，想用力都用不上了。"

张美味

1994 年 3 月 22 日（农历）
生于桑植　现居广州

她以为自已早就麻木了，以为从前的一切对她毫无影响。但坐在黑漆漆的影院，当荧幕上《神秘巨星》里的父亲殴打母亲时，她的身体还是失控般地开始发抖。后排的男生忍不住关心地询问，她只是笑。
"我没事。"

她已经习惯把自已保护起来了，从小学到高中，8 本日记治愈着她的心。世间感情和很多事一样，都是一分耕耘一分收获，可她已经不愿意投资自已的时间精力在这虚无缥缈的东西上了，她宁愿坦坦荡荡说爱钱，把一笔笔工资都存进卡里，看着上涨的数字心满意足。

"让我从一段感情里及时止损、抽身离开，是再简单不过的事了。"她对这一点很是自信。
"但我还是相信这世上有灵魂伴侣的，可惜我大概一生都不会遇到了。"

雪七

1994 年 11 月 2 日
生于武汉　曾在上海　将去广州

"你真的要说这些吗？不害怕吗？"

"不怕。自己都不敢承认的话，怎么说服别人相信呢？"

雪七从没想过自己会爱上女人，会遇到现在的女朋友，会用到"一辈子"这个词。她直到大学才知道世上还有不同的性取向这回事。可这种悸动如此真实，简直无法逃避。

"有些爱，好像就是无师自通的，从前怎么也想不到，如今却也自然而然，amazing."

起初她们一个在广东，一个在上海，往返的飞机票花光了她的工资。异地时，她们每晚都开着视频到天明，上班很累，经常一句话没说完就入睡了，听见对方在梦里迷迷糊糊念着自己的名字，朦胧了眼睛，融化了夜色。

那个女孩啊，她已经给出了全部的爱，那些爱不分性别，既有女孩的温柔，也有男孩的坚实。"从前我经常发朋友圈，渴求一个个的赞，但自从有了这个人，有这双永远会望向你的眼睛，旁人的关注再也无关紧要了。"

栩灵

1994 年 9 月 10 日
生于海口　现居茨城筑波

"想要我的宝藏吗？如果想要的话，那就到海上去找吧，我全部都放在那里。"
她是个招聘时能一跃坐上长条桌的女孩，一个永远的顽童。她把海南叫作"我岛"，岛上有个十人战队，十个相识于穿开裆裤时，一起朝门卫室里扔炮竹的小伙伴。一起在楼顶看星星弹吉他的日子，是她最不能抹去的记忆；等到35岁时全员都住在一起，翻个窗户就能打打闹闹，则是她最美好的期待。

可她决定留在日本了，留在那儿，以期能参与制作像《海贼王》一样的好作品，叫更多人感受到她年少时曾看到的信任、勇气、快乐与希望。

这几乎使得聚集战队的美好愿望永远只能是愿望。但在日本，她依旧乐于做个孩子王，陪着自闭症小男孩玩一个晌午的纸青蛙赛跑，耐心帮调皮小女孩穿米老鼠纸尿裤。

"为什么这么喜欢孩子？"
"孩子真诚啊，又有无限可能。要知道，可能性本身就是珍贵的财富。"

陈鹿鹿

1994年6月6日（农历）
生于桑植　现居上海

"那天小姨来我家拜年，说有个熟人的儿子要卖掉上海的房子，问我妈要不要帮我买下。我妈心动了，合计了半天才想起来，其实以我们家的经济水平连首付也给不起的。"

"其实就算她给得起，我也不会要。我和我最后的倔强，告诉我房子一定要自己买，爹妈不欠你那么多。"

"螃蟹都有壳，可以背着房子到处跑，我这个假模假式的巨蟹，不过是上海千万游牧者中的一员，没有一个真正属于自己的壳。"

"我以前最喜欢逛家居店了，什么乱七八糟的东西都往屋里搬，每一次合同到期要搬家，一件都舍不得扔，累个半死。"

"但是这一次，我把锅碗瓢盆杂七杂八的统统都留下了，居然一点儿不心疼。虽然还是剩下不少，但已经比原来轻松太多。"

"算是终于明白了吧，行李太重了，人会走不动的。而我现在要小跑起来了。"

我生在 1994，
我 一 点 都 不 老

我的表妹1998年出生。自从我上大学以后，我们已经好多年没有深度交流了。那天她让我给她列一份书单，我还当她是个接近00后的小朋友，在想是不是该给她推荐一些青春爱情小说她才看得进去。

结果她告诉我，说自己最近在看《失乐园》和《傲慢与偏见》，余华的作品早就全看完了，很喜欢刘瑜的《民主的细节》，至于三毛、龙应台一系列，她初中时就已经从我书柜里翻出来吃掉了。

这些话着实震惊到我了，尤其是在知道她看的《失乐园》，居然不是渡边淳一的长篇小说，而是弥尔顿的那部史诗时。

我跟她开玩笑说，讲不定你以后也能看到姐姐写的书哦。她没有表现出我想象中的激动，却是一本正经地叮嘱我，可千万不要是烂俗的青春小说啊。

那一刻我突然感到一阵发自心底的恐慌。事实上，从2016年7月，我年满二十二岁的第一天起，就开始惊恐地发现，比"中年危机"更早到来的，竟然还有"青年危机"。

二十二岁以后，我开始真正在思考人生和死亡的命题，开始对未来产生大量悲观和焦虑的情绪，无论是洗澡时、吃饭时，还是睡觉时。

当我回到父母身边，我再也做不到只是心安理得地胡吃海喝。只要超过一个礼拜，我就必须替他们给街坊邻居交代一个赋闲在家的正当理由，要么是仍在攻读学位，要么是已经到手一个高薪职位。

我每天从各种渠道接收到世界上一个又一个青年取得成功的信息，这些人的年纪越来越小，从我的前辈，到同龄人，再到后辈。

就像当初疯狂迷恋偶像时，我十几岁，他二十多岁。如今我偶尔瞥一眼电视里的综艺选秀，那些青春无敌的脸庞，脱口而出的年纪竟比我小了快十岁，我仿佛已经需要用一种充满慈爱的目光去看他们了。

而我们这种美其名曰"老阿姨"的生物，却仍徘徊着看不清前路的方向。这种时不我待的紧迫与压抑，无处不在，简直叫人窒息。

你是不是也会担心？如果真的就这样老去，一天一天，一年一年，直到死去。

身边早就已经有同龄人结婚生子，父母也渐渐从"现在谈恋爱太早啦"过渡到"找到男朋友了吗"，甚至在电话里提起有亲戚介绍了一个男生，要不要加个微信聊一聊。我真的挺害怕的，害怕还来不及做点儿什么，就已经被迫进入到繁衍和衰老的程序里。

虽然，我是一路被叫"小孩"长大的。

因为种种原因，我五岁就上了一年级。从幼儿园到高中，总比同学们的平均年龄小个一两岁。他们总说，你年纪小，一切都还来得及。

可自从我第一次考研失败，去工作了一年，又辞职参加第二回考研之后，就再也不会有人说我小了。我引以为豪二十多年的早慧，自此就再没有任何意义了。

一如突然有一天，你发现人们早已不再用"90后"来泛指正年轻活跃的一代，取而代之的是更为精确的"95后"。

去做个兼职或者实习，点开招聘要求，他们说："我们prefer（更青睐）95后"；

去参加创业路演，一个团队站在台上，幻灯片上打出大大的一行："我们是95后"；

甚至想参加一个小说比赛，赛事说明居然也明目张胆地写着："仅限95后作者"。

这些莫名其妙的要求叫人忍不住要气得翻白眼：是95年前出生的人老年

痴呆思维停滞了，还是江郎才尽了？

我很尴尬，我1994年出生，正卡在了时下这条线边。写这篇文章的时候我实岁二十二，马上就要二十三岁了，我已经不再纠结小孩子是否会叫我阿姨，因为我小时候也理所当然地叫着这个年纪的人叔叔阿姨。当然，嘴甜的时候会叫哥哥姐姐，但你知道那只是善意的谎言。

我亦很悲剧，如今会写字的人比能唱歌的人还多，况且我的文字还不再青春励志烂漫。人人都能在自媒体里发出一两篇人生感言，能写出几个"我的朋友A小姐"的故事，能在自我介绍里加上"作家"二字，在简历中列出已出版的几本书。这仿佛是个从娘胎里带出来的基本技能。

年轻的红利所剩无几了。自从高中毕业以后，人生就仿佛被谁点了快进，眼看着进度条止不住地往前跑。那之前时间过得很慢，一道数学题能做上整整一堂课，就好像过了整整一辈子；那之后再也不用做数学题，却也不再用分秒来计时，而是年和月——上一年的新年计划还没实现，下一个新年就已经到门口了。

慢慢地，你看到大家都走了很远，而自己还在起点线外热着身，害怕不能在终点哨响之前入场，害怕自己压根儿不像想象中的那样能跑那么远那么快。想要的太多了，可是时间远远不够。

其实你我都知道，"××后"是个很虚妄的词儿，是一个伪概念。所谓的"95后""00后"，也并不会在聚光灯下待得更久，就跟我们经历过的一样。

它是那些有点儿岁数和资历的人擅自给后辈书写的刻板印象，也是个跟星座差不多的社交标签。它过于以偏概全，虽然有时候让你为身处其中而扬扬得意，更多时候却是个枷锁，制造了一个"成功低龄化"甚嚣尘上的假象。

但它仍然叫你焦虑不安，你焦虑的不仅仅是年龄，而是原本应当与年龄相匹配的一切。

生活富足的年轻人焦虑没有惊心动魄的故事可以讲，家境普通的年轻人焦虑自己一穷二白还看不清未来，更底层的年轻人更是被生活压得直不起腰来，根本无暇在乎其意义……总而言之，我们进入到了一个应当焦虑的阶段。

就像刘在石在歌里唱的那样："在我二十岁的时候/艰难地度过每天/每当不安地躺在床上时/担心着/明天做什么/明天做什么……"

"××后"，换一个词来说，都是"年轻人"。拥有着无尽的可能性，却也只是"可能性"而已。

大多数我这个年纪的人，已经不再只是想要经历，而开始想要一个结果。

就像如今我站在上海的高楼俯瞰或沿着黄浦江边漫步的时候，早已经没有六年前的新鲜和好奇，却是想着如何在这车水马龙和万家灯火里找到一处属于我的容身之所。我想的不再是要走近，而是要拥有，要人们的认可。

大多数我这个年纪的人，已经开始发现过去的真的就过去了，留不住的真的就留不住。

譬如青春，譬如爱情，譬如年轻而能为你遮风挡雨的父母，譬如无所事事昏昏欲睡的夏日午后，譬如租金五千块一个月的静安一居室。

大多数我这个年纪的人，需要一个精神领路者。

就像七年前的夏天，父亲送我一本马可·奥勒留的《沉思录》，我读不懂也不爱读。可如今我再拿起它，真想一口气看下去，像在水里扎了个很长很长的猛子，头昏眼花即将窒息，急需浮上水面换口新鲜空气。

"纵使你的生命可以延展三千年，甚至三万年，要知道一个人只能死一次，也只能活一回……所谓的现在，对大家是一样长的。"这位古罗马的君王说。

我们只有一个出生，只有一个童年，只有一个青春期，自然也只会有一个二十多岁的迷茫无助的年华。

我曾在日记里惶惑不安地写下一段非常矫情的话："假我以时间吧！我愿意做出点儿有用的东西出来，我希望领悟到只有时间能够给予的智慧，我不怕任何，只怕来不及完成我所挚爱的事业，只怕时间夺走我所有的可能性。"

矫情是矫情，但年华的确永远扰人，说十九岁，和二十九岁，和三十九岁是一样的，这违背良心的话我讲不出来。

但是，去他妈的标签，我毕竟仍然活着，仍是年轻人，我仍有精力，并且在日复一日地更新自己的知识和思想。我们的"现在"还是平等的，仍有无尽的可能。

我们需要的只是给自己一条出路，这条出路并不完全能从前辈的箴言里得到，更多时候得靠自己披荆斩棘开辟出来。

2016年，我终于确定了未来的路，于是辞职回家准备考研，整整半年没出过几次门。从古希腊的经典悲剧读到后现代的先锋派戏剧，每天看着从前的故事，吸收前人的思想，和自己或者和父亲对话。我发现自己慢慢变得沉静。

那段时间里我想过很多事，也想明白了很多事情。现在我想把这些想法忠实地记录下来，分享出去。迎合读者的故事已经烂大街了，若我光写这个，八十岁时回头翻看一定会引以为耻，所以我写了真实的现在。

如今的写字人很难再像从前慢时光里的人一样关心花、关心云、关心风了，但仍然必须关心生活，关心人，关心正如何使用着自己的灵魂。

或许我并不聪慧过人，也并不比谁更坚韧不拔，我也仍时常摇摆和迷惘，但这不就是这个年纪的阵痛吗？我不必再麻痹自己，而是想要清晰地感受这些疼痛。

我生于1994，我一点儿也不老，我仍然积极并莽撞地活着。

目录

Chapter 1　我曾是个半途而废的少女

目录

Chapter 2　　我们如此不同，却又撞到一起

目录

Chapter 3 　　在爱里坚持，跟过往告别

Chapter 4   我走得慢，你不用等我

Chapter 1

真是要长大了些才明白，
祸福相依，阴阳互生，
小确幸和小确丧你追我赶，
压根儿不会有什么绝对的快乐。

我曾是个半途而废的少女

○　‖　⦿

你也在找那条
回去的路吗

这些年我自个儿想通的诸多事情里头，有这样至关重要的一件：我开始为自己幼时生长于乡野而感到无比庆幸。

六年级以前，父母辗转于乡下的中小学教书，我便随他们一起住在学校里，听着广播体操起床，伴着熄灯哨睡觉。暑假一到，一整座校园都是我家后院，有足够大的操场，足够丰富的运动设施，和足够多的小伙伴。

后来上了大学，家搬到了县城的小区里，几年来一直没什么安全感，习惯不了老太太在楼下大声骂街，习惯不了业余小卖部变成了专职麻将馆，习惯不了左邻右舍照面不相识。
仔细想想，大概也和从前的生长环境真的还算单纯有关。

春天的时候和朋友们去滨江森林公园，几个奔三的人竟然脱掉鞋子在草地上玩老鹰捉小鸡，但这绝对是近些年开心得最没心没肺的一个下午。我们调侃一个上海男生没有童年，他也坦承小时候根本没有躲猫猫和动画片，只有少年宫和小提琴。

这当然不能代表什么，人永远无法挑选自己的出生环境。从前我可能会羡慕，又或者会怜悯，但如今，我总算能够正视这一切的不同是各人的财富，而并非胸前尴尬得难以启齿的饭粒子。

即便我没有一个物质很丰富的童年，却拥有一个溢满青草地香味儿的孩提时代，拥有过孩子才有的快乐，这个过往，千金不换。

我开始庆幸在乡下长大，很大程度上是因为这使得我度过了一个相对来说非常名副其实的童年，让我接触到了尤为质朴的自然和人类，学会了共情和体贴，为余生留下了太多非常难得的美妙回忆。

湘西乡下，学校一出门就是山川河水，我们几个野孩子常常漫山遍野乱窜，躲在自然风化的洞里过家家，躺在附近农家的稻草垛上看星星，会水的下河洗澡，不会水的在岸边采狗尾巴草编戒指，还可以摘很多紫色的小花，在它们长长的茎上掐一个小洞，穿成一串一串，围在头上扮成公主。

四五岁的时候，冬天里雪下得很大，学生们人手一个小火笼，装好了一笼黑炭和少许烧得发白的热碳，下了课就拎着小火笼把手，挥舞着手臂一圈一圈地甩，直到火"滋啦"燃起来，再放在地上，凑上去取暖。

天渐渐黑了，雪积了很厚，我爸班上的哥哥姐姐捏了一个雪团给我，说烤一烤就能吃。

那时候天地万物都好像很干净，我便听了话，把雪团外面一层烤出几分焦黄，微微融化的雪水淌下，像个溏心蛋或奶黄包，放进嘴里，薄薄一层的暖之后是透心的冰，又在舌齿之间迅速消融，味道很奇妙。

后来上了学，再后来又跟随父母工作调动，转学到了另一个乡镇。爸妈在中学教书，我在小学上课，而中学和小学之间隔了一整座镇子。

我要在早上六点左右起来，走出中学校门，沿着马路下坡，若是在深秋，农田里的菜叶上都会打一层白色的霜，空气清冷而爽快。

再走过一段主干马路，就会出现一个很陡的下坡，它连接着一座老石桥。有天我在夏天阳光最好的午后呼啦啦冲下去，突然灵光一闪，脑海里浮现出一张小男生的脸，那是生平第一次有喜欢一个人的感觉。

那时候我很喜欢下雨天，可以光脚踩水洼，可以拿着带哨子的儿童雨伞从土堆上往下跳，体会一把山寨降落伞的痛快。

住在中学里的小伙伴大多是男生，假期一起看奥特曼玩滑车，下晚自习后一起走路回家，黑漆漆的大马路上，我一个人单挑他们一群，其实并打不赢，完全是闹着玩儿。

那时候和小伙伴玩吊床，我躺着他推，过一会儿我再下来推他。谁知太生猛，只感觉稍微用力，他就空中转体180°后滚翻掉进了污水沟里，衣服全臭臭湿湿的，被他爸打了一顿，可怜巴巴地蹲在沟边哭。

夏天学校会组织看露天电影，孩子们搬好板凳坐在操场上，大概也是没什么好的片源，要么是蒙尘的抗战主旋律片，要么是暗含情色的港片或印度的译制片，以至于我到今天都还深深记得一个男人叫女店主搭凳子去高处拿东西，然后从背后吹开她裙子的画面。

那些年的快乐是真的快乐到了骨子里，那些看似终日游手好闲的时光，在往后的年岁里却是怎么回想也不会觉得浪费，是我此生无与伦比的美丽。

人都有自己的来处，正是这许多人生最初时分的种种经历，遭遇过的人和事，让每个人得以形成后来独一无二的自己。此后曲曲折折离离散散，在时过境迁的浩渺天地里遗失了过去，也只有找回来时的路，才不会再轻易失掉继续前行的方向。

从前总是卑怯，羞于提起从前，多少是出于年少虚荣。就我而言，这虚荣心的萌生大约是由六年级转学到了县城里的小学开始的。

闹哄哄的新班级，全然不同的生活节奏，没有了放学后的玩耍，取而代之的是各种掀裙子的恶作剧，是抽烟打架的早熟。我有些无所适从，成了湍急漩涡中的孤岛。前座的姑娘每天都在嘲笑我说"今天"这个词时的口音，我气得发懵，却不知该怎么为自己辩解。

不过针尖大点儿的小城，城乡隔膜也有难以想见的厚度。

那时班里有个显眼的乡下姑娘，生得高大粗壮，穿着土里土气，成绩也不怎么样，总是拿全班倒数，连老师也不待见她。班里男生见风使舵，决定统一欺负这个没有人会站出来为她打抱不平的人，譬如自习课时假装不经意地把她的书连课桌一起撞翻在地，她气极了就和这些痞里痞气的男生打架，打得人仰马翻，却也不见输。

她的遭遇让少不更事的我感到恐惧，那些画面冲击到了我尚且脆弱的世界观。我留意过这个女孩写作业的样子，很认真，一种痴蛮的认真，一笔一画仿佛要力透纸背。因为我们的老家在同一个地方，她待我格外热情，脸上写满了"你应该懂我"的神情，年幼的我却害怕回应这种会招来异样眼光的热情。

我的处境其实比她好上很多，成绩不错，性格还好，家境不算差，因而并不会陷入和她一样的境地。但她有什么错？我想不明白，我开始怀疑过去，开始对我的来处讳莫如深。

于是打十岁起，我失去了山野里养育的活泼，变得不爱说话，过强的自尊心在方圆一米内形成了金钟罩，我就像个阴天的影子一样躲在角落不希望被发现。我该融入新的环境，可我不甚自在。这种状态一直持续到大学。

进了大学，我仍旧时时害怕见识不够广，在同学说起"一个月生活费八千块难道不是很正常"时避开谈话，妄图夺下一个个高地，用标签来修正自卑心理。虽然我没有完全臣服于周围人的优越感，总是一面趋附世俗之见，一面又清高地反感着这些人的世俗。但这一样是刺猬心态，多么无济于事，而那时的我从来没有想过和自己的一切达成和解。

考上研究生后的夏天，我和父母回了趟外婆家，一是领了一大帮妈妈的同事去野炊，二是为帮老人修缮厕所，这样一待就是好几天。

像是终于正儿八经接到了地气儿，已经低迷很长时间的人总算渐渐活泛了过来。

野炊，下河洗澡，逗猫猫狗狗，陪外婆去地里摘菜，带了一本《昆虫记》顺便拍各种菜叶上的虫子，和爸爸在明亮月色下坐在阳台地板上玩24点。

和妈妈睡在靠山的房间，夜风清凉，不用开空调吹风扇，像是搭了帐篷睡在丛林里一样，虫鸣蛙叫声声吵扰，为了入眠，我们爬起来换到另一侧的房间却又是狗吠连连，两个人强闭着眼忍不住大笑。

过了几天没有网络的日子，但每一秒都像被撑开到极限，装满了山里的空气和阳光，有那么几刻，我真的嗅到了小时候的味道，不停浮现那些跟着哥哥帮外婆放牛，和弟弟下田抓青蛙，摘树上野果子吃的画面。

都是我多年不曾想起的画面。
但也只是那么几刻而已。

真是要长大了些才明白，祸福相依，阴阳互生，小确幸和小确丧你追我赶，压根儿不会有什么绝对的快乐。

好比夜里几位老人喝嗨了，各种孩子气，聊得没边儿，七十岁的人了还在说什么男人女人都一样花心，完全不顾及我在旁边笑出眼泪。便是这样愉快，第二天酒醒之后又会回归理智，亲疏分明，纠葛利益。

正儿八经的生活并没有那么简单。
小时候会无忧无虑地享受山风河流虫鸣花香，是因为没有成长到足够了解成人社会的暗角，坦然地接过大人们烧的洋芋苞谷就啃，压根儿不会去想他们之间有没有什么心结和不快。

又或者是小孩忘性大，睡过一觉起来也就忘了，又自顾自高兴起来。但真实的生活原本就是复杂的，痛并快乐着的，接受这点反倒能活得比较容易。

只是我很明白，已经无法修改的幼时经历，会让我一辈子都对纯净自然的环境无比眷恋。就像这些年我行走过不少城市，却也只在台湾有过那种回归本真的家的感觉。

在去往九份途经基隆的公车上，我一直在听周杰伦的《梯田》，哼"Hoi Ya Yi Ya那鲁湾"，用眼睛记录着那些"我现在最舍不得的画面"。

在垦丁，在太平洋边上的宽阔马路上骑着电车飞驰，穿过海风和星星，穿过农田和屋舍，夜是那么安宁，足以让灵魂整个熨帖开来。

这些都是我所熟悉的钟爱的感觉。

又想到了二十世纪八十年代末，周润发曾在倪匡黄霑蔡澜三人主持的《今夜不设防》上聊到自己做乡下仔的时光。他讲起听大戏，点煤油灯，波浪一样的金黄稻田，在海滩上人字拖断成两截也还是开心，每年都像是专程在等一个节日……他说他永远都最中意田园生活。

一个人的来处在很大程度上决定了他的去向，就像张国荣西关大少的贵族气质注定只能源于他那样的家世和经历，而周润发年轻时的机灵圆润，也只能来自于乡下仔的市井体验。

接受自己的过往，正视自己和他人的特别，与曾经的藏掖和解，像网红介绍名贵口红一样骄傲地介绍那些不同经历的美，这件事对于很多人来说并不是很难，但于我并非那么容易，也是到最近才能真正做到。

总有更大的城市，而人才是这其间的独一无二。那些成长的记忆，那些跟家乡和故友的勾勾连连，才是独一无二。

这关系到自我认同，关系到价值多元，关系到一个二十几岁的姑娘，是不是足够自信和强大，敢不敢大声告诉这个世界，我们没那么肤浅。是不是能用一种勇敢的姿态，像简·爱那样不卑不亢地说上一句：
"我与你拥有一样多的灵魂，一样充实的心。"

这是一颗不再易碎但一样透明的心。
前路诸多不易，而我庆幸自己总算找回了我的来处，再不丢失。▶|

○ ‖ ▶

孤独的时间

留一寸

电影《阿飞正传》里，纨绔的阿飞总是跟身边的人讲起那个没有脚的鸟的故事，跟苏丽珍，跟梁凤英，跟所有人。他满脸颓丧和不屑，好像自己就是那种注定没有片刻休息的鸟。

直到遇到警察超仔，他狠狠地对阿飞说："你这种谎话哄女孩子倒可以。你是鸟吗？你懂飞就不会蹲在这儿啦！"这句话说完不久，阿飞就在哐当哐当的火车上被枪打死了。黎明太阳升起前，他只能仰在座位上，残存着一丝呼吸。真的再也飞不动了，不知道他有没有后悔过。

那大把大把的光阴，阿飞只用来游戏和埋怨了。他身边始终都有人陪，灯红酒绿，莺莺燕燕，好像一刻都不曾孤独，其实是他从来不愿意冷静地面对孤独的现实罢了。

这只固执的飞鸟啊，哪里是没有脚，而是不曾给自己机会去用一用脚。

说真的，我一个人生活的日子，从来没像那一年那样多过。

2016年2月过完年回上海上班，60平方米的一室一厅走掉了一人，剩我一个。清晨起床出门时只有早餐店的白雾缭绕，深夜从地铁里钻出来时只剩昏黄路灯混着婆娑的树影。周日一个人待在家，窗外的黄浦江上日夜都有货船来往，鸣着汽笛，一声一声，沉闷地，回响着，叫人好不压抑。

起初我也受不了那越发寂静可怖的日子。晚上回到家一开门就把从客厅到卧室再到卫生间的所有的灯统统打开，想用60瓦的光芒温暖自己，却从来都只是越亮越冷。觉得孤独到抓狂的时候就和亲密好友整夜打电话聊天，说完晚安后还是难受。
这样的日子大概持续了一个多月，突然就平静了。

我似乎终于明白那个人再也不会回来了，不会再有人等在地铁出口了，不会再有翻不完还觉得不耐烦看的微信消息了。我留着这些悲伤不会再有人来翻阅，最多感动了自己还自欺欺人。
后来，那些过去被生活的鸡零狗碎挤占出局的爱好和讲究，又都重新回来了。

我开始收拾起蒙灰的吉他，每个周末都跑去阔别一年的老师那里，把手指弹到红肿发痛，过马路时开心地哼着刚学的曲调；开始关掉灯在黑暗里一部电影接着一部电影，想把所有从前借口说没时间看的好片子都看掉；开始学会给自己做各种各样的美食，等朋友来做客，就能做出满满一桌菜然后看着一个个盘子被吃空到个底朝天，真正心满意足。

离我那时租的房子一百米不到的地方，就是黄浦江。从前老是宅在家里四眼相对或者仰头大睡，租期快到了都不曾去江边看一看。后来我一个人了，就经常吃完晚饭蹬着小白鞋屁颠儿着跑过去。

那是在高耸的杨浦大桥底下还没有完全建好的码头广场，可还是有很多人，满满都是生活的味道。凉风微润，散步，驻足，头挨头说着悄悄话的一对一对都是老年夫妻。楼宇间的空地上好些阿姨在跳广场舞，我站在边上蠢蠢欲动，两整首曲子放完，还是作了罢，想着下次不背包再来跟在队伍尾巴后跳。

天全黑了的时候一个人慢慢走回家，街边的饭馆里都是热闹，甭管是福州菜馆还是四川菜馆，都是一个装修一个味道。树上挂着修地铁征地的横幅，汽车在路口拐个弯碾爆了果汁盒，我打了个喷嚏，最终打消了进日料屋喝盅清酒的主意——害怕第二天早上起不来误事儿。
我双手放进裙兜里，迈开大步走着，简直像是很久很久以来的头一回，感觉自己实实在在地在人间里头活着。

那是我的精神迅速丰富的一段日子。
为了纪念单身，我买了一枚别致的银尾戒戴在右手小拇指上。尾戒上有两小颗圆锥尖端相对，仿佛势不两立，却无意中又形似一只别致的蝴蝶结。我跟很多人说过喜欢它的样子。

一个人偶尔会孤独，会跟《重庆森林》里的梁朝伟一样自说自话。但一个人更好的是，很多在热闹里想不明白的道理和得不到的成长，在你需要独自去面对生活的所有好坏时，大都能想明白和得到。那总是人生里头特别难得的机会，有时间去认识清楚熟悉又陌生的自己。

不久后，我的"一个人"来得更彻底了。那年5月底，因为决定要再读点儿书，左思右想终于下定决心辞掉了工作。
从在全家便利店里用积分换购的毛茸茸的熊本熊日记本上清晰地写着：6月2日，我正式过上了一个人的生活。

这一定是个艰难的决定，二十岁的人，有一份稳定的工资意味着可以随时在心情不好的日子去最近的居酒屋喝杯清酒；有一个稳定的伴侣意味着可以不用眼看着冰箱里丰盛的饭菜一点点变馊而无可奈何地倒掉。
但我还是这样决定了，当想清楚了将要去往的方向，内心也会变得更清明，清明到足以承受一个决定带来的所有后果。

我用工作积攒的钱来计划着之后带父母出国的旅行；也还是能够和朋友去日餐厅倒上清酒加冰喝一个下午；还可以跑去黄浦江边吹风，看着夕阳匿进高楼之间，看着陆家嘴华灯渐燃。

那会儿正值上海电影节，我买了好几张电影票。每天坐着37路公车往返于浦西和浦东，经过外白渡桥，经过外滩，经过南京西路，直到大光明影院。

常常是下雨的天气，电影开场不小心迟到了三分钟，猫着腰钻到座位上然后转身坐下。全身心浸入故事里去的感觉，每一次都很妙。当然，也有不喜欢的电影，哪怕因为很小众所以讲出去会很有逼格，也掩盖不了气场不合的事实。

散场以后，站在公车里，一手拿着温热的七分甜的波霸奶茶，一手握着手机扶在别人的座椅靠背上，经过外滩看到窗外如织的行人，突发奇想地给自己出个题：喏，你看这里这么多人，你喜欢的会是哪一种？

车正好在交叉路口的红灯前停下，我开始漫不经心地放眼搜寻，一个、两个、三个……很快就发现了这种测试惊人的地方。

从来形容不上来喜欢什么类型，但我的眼睛居然比想象中要了解我得多，几乎毫不犹豫地，就能在人海里锁定答案。

干净。

从车窗外走过的那个陌生男孩，浅蓝色休闲衬衫，浅色休闲牛仔裤，白色板鞋，未多修饰的头发长度刚刚好，发脚清爽利落，背着黑色背包和同伴并肩走着，步子随意又稳妥，不紧不慢的样子。

非常，干净。

我不自觉笑了。从前是那么不了解自己，在不喜欢的世界里周旋，浪费了时光和爱情，以至于如今好像头一遭彻头彻尾明白自己的喜恶，竟忍不住要对着心里的那个女孩伸出手来说一句：

好高兴啊，终于认识你。

夏初的时候坐大巴回家，车在高速公路上飞驰，夜色拢近，路边都是高山低田，绿得无比干净温柔。车上的人都在小憩，我睡不着，盯着车头那个悬挂电视里放的电影《星际穿越》，看到小墨菲哭着不要父亲离开，不知不觉眼泪也掉了下来。

那是一场突如其来的分别。一如年初他的离开。我脑子里过着这一年的很多事情，酸涩又欣慰的心头情绪，像是亲眼看见自己的孩子长大。

说起来，电影里反复提到的那句诗，"Do not go gentle into that good night（不要温和地走进那个良夜）"，某天突然出现在了朋友Star的博客签名上。她去了美国念书，写下一个人踏进陌生世界那几天的曲折经历。但她没让自己崩溃，入夜，窝在终于搞定的租房的沙发里，她写，"明天一切好说"。

明天一切好说，我们都不会温和地走进良夜，不会轻而易举地向吞噬日光的黑暗投降。
有一段时间看了很多王家卫的电影，里头好像满满都是孤独，每一个人都特别愿意自说自话，每一个人都有一个复杂而分裂的精神世界。但你静下心来去听那些话，又多么像你该对自己说的。

电影《花样年华》的最后，梁朝伟跑去寺庙里，对着颓垣上的小洞说尽了心里话，然后用干草堵住，好像这样就算作是前半生该举行的倾诉仪式都进行完毕了，再也不会有负担。可你明白，不过是你和自己的一个妥协罢了，生活就是这样，多数时候，你要做的是和自己签个协议，从此不再纠缠。

又有一段时间很害怕看伯格曼，觉得《呼喊与细语》里面的压抑低沉让人难以忍受。可渐渐也明白虽然人和人之间的亲密与间隙多么不可测，但至少我们是有选择的，可以选择不让往事都变成《野草莓》里的梦魇，一个人的时候，就去好好跟自己解决那些成为负担的往事。

一个人时丰富内心熨平过往，转身再一头扎进热闹的生活里，这二者何其必要啊。

年华倏忽即逝，我常常在想，剩给自己做喜欢的事情的日子已经不多，就再也不要说什么自己"是没脚的鸟"这种胡话了。那不过是你自命不凡的结果，是你没给自己留一寸孤独的时间，去照照镜子，抬起许久不用的脚，一脚一印地踏在泥土上。

每每这时，便定是再心安不过的时候了。▶|

○　‖　◉

一个
女科蜜

那天照旧去排练一个课堂演出，忽然发现那个早早到了的男生穿的是Lakers（湖人队）的外套。此前已经见过好几面了，他穿的一直是这件衣裳，而我却到那天才反应过来。想想若换作年轻几岁的我，只怕是第一眼就能看见，并且立马上去攀谈起来的吧。

可不知道从什么时候起，我几乎不会关心周围的人是否有共同的兴趣爱好了，也早就算不清楚自己有多久没踏上篮球场扔一个三分球进去了。

大学毕业以后，篮球这项运动在我的生活里几近消失，它并没有知会我一声，我甚至也没有注意到它的缺席。直到某天翻朋友圈，看见同学发了一张打球的照片，我才突然又想起它来。才想起来，我曾经也看过NBA，也喜欢过湖人队，喜欢过24号科比·布莱恩特。

那是我很年轻的时候了。

我曾在这位伟大的球员即将退役的时候写过一篇文章，是工作的时候为了发布推送而写，却在夜里十点的办公室里把自己写得鼻子发酸眼眶发红。

2016年的一个周末，站在略显空旷的地铁里，小屏幕上在播湖人的比赛，科比又打铁了，满头大汗，咬着牙在赛场上跑着，又累又吃力的样子。我和身边的同事老王都盯着看，不约而同地沉默着。

地铁走了两站，他突然说："为什么不在刚刚开始走下坡路的时候就离开呢？或者是最辉煌的时候，这样还可以留下最好的名声。像现在这样狼狈，表现得备受争议，何苦呢？"

我心里一阵苦涩，又笑着摇摇头："那就不是科比了。"

2016年我大学毕业，工作快一年，那也是科比退役的一年。而我疯狂喜欢科比，是从八年前开始的。居然已经八年了。事实上我喜欢他的时候已经是他最后的辉煌时期了，按照作家张佳玮的说法，那是科比3.0版本。

我忘了最初这个名字是怎样钻进脑子来的——奇怪，越来越多重要的事都只记得结局，记不清楚开端。早期唯一的印象是初中时偶然发现表哥的课桌上贴满了这个男人的贴画，那时候他每次下课回来，都非要捉着我说一些关于这个名字的英勇事迹，后来想想，他这神神叨叨的劲头跟现在的"女友粉"怕是也差不了多少。

可那是一个黑色皮肤的、面庞意外有些迷人的男人。我不知为何就记住了那张脸。

后来在2008年的奥运会直播画面里，我一眼就找到了他，嘶吼着跟表弟表妹指："那是科比！你们看那是科比！镜头一直对着他！好帅啊好帅啊！"虽然那一刻他们像看疯子一样地看我，但还是跟着咯咯笑个不停。

那一年我初中毕业，即将进入高中，进入一个与这个人勾连不断并把他看作理想标杆的时期。

事实上，因为我父母是中学老师，我们一直住在学校里，家里什么球类器材都有。从我能走会跑的时候开始，几乎每个空闲的下午，我们一家人都会带着球去篮球场玩儿。大了一点，就会假装很专业地打对抗赛，我和爸爸一队，妈妈和哥哥一队。

有时候他们赢，有时候我们赢，这很大程度上取决于妈妈当天要赖的次数多少。

久而久之，作为一个南方软妹，心底里却藏起了个打街头篮球的痞子灵魂。小时候常常一个人抱着球去球场，从日头高照打到暮色四合，有时候甚至还能单手投出三分球。别误会，我没你想象得那么壮实，会的也不过是些门外汉的技巧。高中在班队里打主力，好不容易抢断了球回身三步上篮，却被吹了个哨，场外的人都笑了起来，原来是我生生把三步变作了四步。

那时候我们全家都看NBA，我喜欢科比，自然每次都希望湖人队赢。而我老爹不管湖人队和谁打，都赌对手赢。我表哥上大学去了，我妈觉得家里留了俩傻子，但还是跟着凑热闹，虽然从来分不清楚科比和奥多姆。

我和我爹每次看球都吵吵个不停，湖人要是输了我就怪他，就生气，要是赢了我就嘚瑟，在他面前摇头摆尾。
有次我一个人在家看比赛，湖人输了。正郁闷着，老远就听见我爹下课回来一溜小跑上楼梯的脚步声，手臂夹着课本拿出钥匙，一推开门就指着眼泪盈眶的我大笑："哈哈！我就说了吧！湖人输了吧！科比真没用！"
然后我就假装号啕大哭。

都是多么活色生香的日子。那时候，我还以为这个叫科比的男人永远不会从我的世界里消失，因为那些年我的整个世界都和他有关系。

湖人队每赢一场比赛，我都会屁颠儿地跑上讲台在黑板上写比分，班里老拿第一名的男生对此嗤之以鼻："哎哟，湖人赢他们还不是妥妥的嘛，写出来都掉份儿啊。"对，那年我湖还能打进总决赛，而不是如今的联盟垫底。

同学小黑也是女科蜜，她要全班叫她"小科比"，我死活不肯，她说以后要去科比家当保姆，我说我以后一定比你先见到他。

我的初恋也喜欢科比，我们因为科比熟络起来，我故意在途经他的纸条上写"老大"的字眼来引起他的注意，后来他球衣的号码也从"24"变成了我的幸运数字。高考后，他把在桌子上贴了几年的一张科比画帖撕下来粘在了写满了话的本子上送给我。

毕业之后我们在一起了，异地恋，大学室友在课堂上讨论到"异地恋能不能长久"这个话题的时候，拿我举例，说两个人虽然不在一个地方，但有一样的爱好，可以一起讨论篮球和科比，感情还是很好。

我们约好了五年之后要去斯台普斯篮球馆看老大的比赛，而没到第五年我们就分手了。

后来我真的见到了科比，比小黑早。

在中国的一场商业性的明星赛上，穿着黑色体恤的他离得好远，我像是坐在山上一样，得拿着劣质望远镜才能勉强辨认出他的面目。

但是他一开口说话，我就寒毛直竖，没错这就是他啊！是我高中拿着他的采访当英语听力使的低音炮啊！我激动得直拍身边陪我坐两个小时地铁过来的同学。活动结束时，我迅速跑到外围看台能抵达的离他最近的位置。

他朝着我的方向走过来，我算好了距离，到刚刚好他还没消失又足够听见我细小声音的位置时，我扯着喉咙喊了一声："Kobe! I love you——"

我同学在后头笑坏了，跑远了装作不认识我，免得被保安一块儿带走。但是真的，那个人，那个1978年8月23日出生的处女座的身高198cm偶尔又说199cm的1996年新人选秀第1轮第13顺位被黄蜂选中后来又换到湖人的原先是8号后来直到退役都是24号的获得过5枚总冠军戒指的科比·比恩·布莱恩特·考克斯，他抬起了头望向我这边，咧开嘴笑了，他肤色不白我又近视，所以只看得清一排牙齿，可紧接着，他抬起那只投中过无数只关键球的右手对我挥了好几下，这才走进了休息室。

我呆在原地，回味着那一刻对视，觉得整个人生都圆满了。我见过他了，我少年时代的偶像，虽然没有去洛杉矶，虽然没有看一场真正的比赛，但我见过他了。

他退役前的最后一场球赛，我是坐在办公室里看完的。这大概也算是创业公司的优势了，头儿居然就这么放任我在上班时间进行着这样一个终结少年时代的仪式，最后一次为他揪心，看比分你来我往，看他的后仰跳投。

那场比赛完美得像假的一样，无论如何，这大概就是最体面的收尾了，没有英雄迟暮的悲壮感，人们都在笑，带着泪眼在笑，他让我们这群人燃尽了青春远去前最后的热血。

故事到这里就没了笔墨，除去最后一战，那年我其实就已经想不起来上一次看科比的比赛是什么时候了。
想不起来最后一次跟大学好哥们儿一起在路灯下的0号楼旁边操场打球，他们边一个劲儿给我球，边笑话我喜欢科比，是什么时候了。

那些翻看着贴吧里他的消息和同人文，傻兮兮地为他的黑历史辩解的日子，早就打包扔进时光隧道的黑洞里去了。
跟所有的粉丝贴吧一样，科比吧里也老是有爆照贴，他们说喜欢科比的姑娘都挺漂亮的，我都不是，却还是跟着一起开心。好像"科蜜"这两个字是比"三好学生"更光荣的称号。

那是一个巨人最高的时候，他荫蔽着一群野心勃勃心比天高的孩子。
他们在他的光芒里肆意撒野，叫嚣不止。

我记得央视5套的杨毅喊着"进了！这么难的球！那是科比啊！只有他才能投进的球，果然是现NBA最伟大的球员！"，那天我在屏幕前激动不已。
那是很久以前了，我还是个十字打头的小姑娘，一个心里憋不住事儿，老是跟父母老师抬杠的叛逆少女。那时候我只听这个人的，相信凌晨四点的神话，相信世人都是"要么爱我要么恨我"的两极分化，相信拼命努力就会有一个让自己闪耀起来的关键时刻。

如今或许早就不再这样热血愤青，但那仍然是刻在骨子里的刺青，会在余生留有痕迹。

2016年我在办公室里写这些字，写到最后已经忘记了时间，想起那些往事，竟不自觉在众人面前笑了起来。
意识到这一点的时候，突然好心酸。

时代总要结束，巨人总会老去，会有更强的新一代篮球明星层出不穷，也会有新的朝阳一样的少年伴着他们走过青春期。在我们记忆里独一无二的所有的一切，在线性时间里，全都一去不返，被浪潮淹没。

可直到退役那天，科比·布莱恩特，即使已经好像血气方刚的篮球赛场上一个老态龙钟的人，也还是让整个世界为他刷屏了。他终于噙着泪，跟他最爱的篮球寄出了最后一封信，说"I'm ready to let you go（我准备好让一切远去了）."

这句话，也换我，一个女科蜜，对你说：
科比，谢谢你。我也已经做好准备让这一切都远去了。

我知道，我告别的不止是你。▶|

○ ‖ ◉

少年馋

那天我跟老朋友约了在她家楼顶上聊天，这称得上是我们延续十余年的小活动了，小时候还不厌其烦地带着小提琴，后来都默契地不再去问彼此上一次拉琴是什么时候了。

聊天必须要带点儿吃的，最好在往后的岁月里，每一次回想起来，除了楼顶的蓝天白云清风绿山之类不能吃的风景外，还能留下点儿掉渣饼的香甜、鸭霸王的辛辣、醋萝卜的酸脆、豆皮的嫩滑。

咽了下口水，我带着这种美好的憧憬在她家附近的街上来回找了四五趟，甚至钻进了巷子，跑到一所中学的门口，越走越难以置信，居然连一处成气候的小吃摊点都没有发现。

忍不住对着朋友长叹一声："我们不在的这几年，家乡人民对吃已经这么不讲究了吗？！校门口没有了小吃，还能叫学校吗？！"

"哈哈，"她笑，"没有也挺好，吃点儿健康的。"

是到了该吃健康点儿的年纪，连医生都开始对惯于熬夜皮肤变差的我说着残忍的大实话："你已经不是当年那个年纪了。"可只要回到家乡，吃点儿小时候爱吃的，就像是一种约定俗成的默契动作。

小吃是一种难登大雅之堂却叫人朝思暮想的存在。要知道，对于我们这些或多或少都有点儿致青春情结的成年人来说，有关那些垃圾食品的回忆，简直是比校草初恋班主任都更加色香味俱全的一种绝妙。

这回忆生动、美味，一想起就跟巴普洛夫的狗似的直流口水，是能把扎马尾辫的同桌、地下恋的小男朋友、校门口的摆摊阿姨、虎视眈眈的纪检老师，还有教室、宿舍、操场等等一切可用于进食的场所一股脑儿全打包在一起的青春万花筒。

青春期的孩子正脱缰野马似的长身体，极容易犯饿，下课铃一响，就只听见隔壁班百米冲刺的动静，这边拖堂的老师也渐渐不安，底下孩子已经悄悄两手拿起了碗，一只脚伸出桌外，两眼巴巴地望着自己，时刻等待发令枪响的模样叫人啼笑皆非，只得一时心软就放走了他们。

但食堂寡淡的饭菜远远满足不了少年渴望刺激的味蕾。小卖部的烤香肠是饭后必备，一根不够再来一根；校门口的糯米坨是早起的动力，稍微晚个几分钟可就卖光了；冬天得买几个烤得暖烘烘的紫薯，夏天得买一杯加冰的烧仙草，辣条什么的更是四季常备。

人们还管小巷子里炸串店的女老板叫"串串西施"，湘西这种山清水秀空气湿润的地方，美女倒不稀奇，但是又漂亮又会炸串儿，在吃货少年们的心里一定美过笑起来的新垣结衣啊。

在和今天相比稍显苍白的那个年代，除了写不完的作业和上不完的课，在管教甚严的学习氛围之下，吃和为了吃所做的一切可爱举动，都是少年最大的趣味。

最好笑的一次，是我们高中军训那会儿，不知谁起的头，突然掀起了一阵吃校外盒饭的风潮。规定不让出校门？老师们可不知道，为了吃，课堂上蠢得好像刘阿斗的学生们，分分钟就能化身诸葛亮。

起初只有几个人，趁老师不注意，找到了一处无人盯梢的围墙，悄悄凑过去，对着外边的小摊贩低声唤道："喂喂，老板，两个盒饭，一份不要葱蒜，一份多放辣椒。"老板会意，赶忙开炒。

这边伸手把钱从铁栅栏中间递出去，那边把盒饭递进来，一手交钱一手拿饭，很是讲江湖道义。谁知消息一传十十传百，很快，围在墙角等盒饭的人竟呈几何倍数增长，再怎么小心翼翼，也声势浩大到没办法掩人耳目了。
于是，猫出动了，耗子们只能转移阵地。那会儿女生宿舍楼在整个校园的最外围，楼后的围墙外就是一块可以大展身手的空地，吃货们当然非常懂得充分利用这一地形，老师们只当学生都回宿舍午睡了，谁知道藏在里头的是另一番热闹天地。

一到饭点，男生女生都齐齐涌到那一栋的二楼，挤进别人的宿舍。几个小伙伴一回派出一个代表，趴在窗户上对底下的摊贩们喊话，讲明需求，而后拿根绳子把钱捆起来，小心翼翼地往下放。摊贩们则夫妻双双齐上阵，一个马不停蹄地炒饭，一个仰起脖子盯着，直到钱放到了围墙外，然后紧几步上前，把钱解开点清，再麻溜地把用塑料袋装好的盒饭套在绳子上，慢慢吊上去。

禁果最是诱人了，得到消息的人越来越多，哪怕不喜好街边食物的人也要来凑个热闹，后来渐渐供不应求。把炒饭的阿姨叔叔们乐得啊，每次看见他们，都是在烟熏火燎里手忙脚乱，却笑得合不拢嘴的模样。

这种好日子也没持续几天，就被眼明心亮的教导主任逮着了，主任直接赶走了那些小贩，广播里一通严令禁止。孩子们倒也没有多失望，扭头笑嘻嘻地回忆着那段日子，也许就是因为随时可能结束，所以才显得格外刺激。

食欲是人最初的欲望，这么本真，这么纯粹，这么不可或缺。叫人都说不上来，在小卖部门口遇到喜欢的男孩的那一刹那，究竟是手里的冰激凌让那一刻愈发美妙，还是那个人叫那只普通的冰激凌更加美味。听说曾经中意过的人每天每天地给早恋女友带早餐，手臂受伤打了石膏都还是雷打不动，米粉包子换着花样来的时候，心下顿时一黯。不知究竟是眼馋那些好吃的，还是更羡慕那个被宠的人。

后来走了很多城市，吃过每一个地方的街头小吃，也终于到了能喝酒的年纪，就着冰啤吃小龙虾和烧烤，邀上一群嬉笑怒骂的死党，度过无数个对月当歌把酒言欢的夜晚。

但不知为何，后来经历的这一切，哪怕当时眉欢眼笑得意忘形，却都不及和同桌分享小鱼干的日子那样历久弥新。兴许是从前的日子比较简单，值得纪念的不算太多，那些温馨也就能记得特别深刻了。

有天深夜，我无意中翻到儿时玩伴发的朋友圈，她写道："很多年前，有天我去表姐家里做客，看到桌上摆着一盒巧克力，晚上要回家的时候，我偷偷拿了几个放在口袋里，想着我那位朋友应该会很喜欢。第二天去上学之前，我把手插进裤兜里，却发现巧克力早已经融化了……其实这些年，我还挺想你的。"

我很记得看到这段话时自己险些落泪，往日回忆统统翻腾上来。原来这么多年过去，竟还有人记得你当初爱吃什么。这种联结，无尽岁月都难以冲淡。

后来，在异乡一歇脚就是好多年，认识了许许多多新朋友，要彼此交代的，除了生辰八字喜怒哀乐，必须还有联结着独一无二记忆的小吃。东北的红肠，上海的条头糕，江苏的狮子头，新疆的大盘鸡……好像满眼都是笑意地在说：喏，给你，这是我的童年。

这是我的童年，是我的故乡，是我的故事。
我把它们统统都介绍给你，我把我自己，介绍给你。

这让我想起演员朱亚文和沈佳妮的一组结婚照。
那时候朱亚文在拍电影，脑子里突然就冒出一个点子，结婚照的拍摄要以女友的成长为主线。于是在那组照片里，他陪她一起走进上海老旧的里弄，在街边小铺里买葱油饼，就着豆浆吃油条，平淡却温馨的烟火气息从照片里溢出来，没有什么华丽场景和繁复妆饰，却比任何古堡大片都感人肺腑。
沈佳妮说："人生真的无法预知啊，我曾经怎么想得到会有这样一天，他陪我回忆了成长，从此牵手走向未来，这算不算完整了一整条人生的路呢？"

就像那天看闺密不能吃辣的男友主动要求品尝一下她带来的辣味儿小吃，他满脸笃定，仿佛这就是了解她、走向她内心的一条必经之路。
哪怕辣得面红耳赤，也是打心眼儿里感觉幸福的。

这也算是食物出人意料的意义了，它连接了过去与未来，把人的交往幻化为味蕾的探险，让往日里埋下的种种伏笔在将来的某一刻全部揭晓，那些用语言说出来怎么都显得庸俗套路的情感，在分享美食的过程中已然层层分明了。

人生真是无法预知的，或许在将来的某一天，属于你的这一刻突然就到来，叫往日的少年和今日的你重叠在了一起，叫你的人生终于形成了完满的闭环，叫你不由得眼泪盈眶感慨连连。

真的是，何其美妙的人生。▶|

○ ‖ ⑪

消失的半年里（上）

这大半年来，我回答了太多个为什么。

为什么要考这所学校？为什么要考这个专业？将来你要做什么？你又能做什么？甚至是面试的时候，导师也开玩笑似的问，你为什么不考复旦而要来我们学校？

我不得不笑着说，在这个专业上，复旦不会比上戏更专业。

虽然这在我看来明明是理所当然的事情。

我打电话告诉爷爷我考上了，耳背的他听了半天也没搞懂研究生是研究什么的，我解释了五分钟之后无奈放弃了，他笑嘻嘻不好意思地说了句："不管怎么样，你开心就好！"

确实，老家的长辈里就没几个弄得清我那专业到底是做啥的，他们偶尔说编导，偶尔说导演，偶尔期待我做的节目，偶尔期待我拍的电视剧。就连我妈也经常搞不清，隔三岔五就要再问一次。

你却不能怪他们，毕竟在我长大的那座十八线小县城，电影院都只有一家。

春节的时候，我们从老家回城，顺路接上一个妈妈的同事，是我从前还蛮喜欢的叔叔。他上车一看见我就笑了，说："听说你现在在考什么……编剧？我以前有个学生现在也在剧组，一个喜欢搞怪的胖子，但是他高中的时候连大专都没考上哦。"

我没想过这话会出自一个我以为还算开明的长辈之口，像是在凛冽的冬天被迎面泼了一盆冷水，一时脊背僵硬，从发丝到脚趾都发凉结冰。这也让我忍不住心疼将要常常面对这悠悠之口的父母。

即便这么些年，我都在学着不要太在意旁人的评头论足，尤其是不明就里的无关人士，但我仍旧是个要强的人，面子上不争不代表里子不抢，时刻都憋着股要做出点儿什么的劲儿。

2016年6月，我辞掉了人生第一份正式工作，老大问过我很多次：你想好了吗？

我点点头：想好了。

他拍拍我的肩，后来就一直很支持我。

辞职后，我先是用存下来的工资带父母出去旅行了一圈，把一身的浮尘洗刷干净，把一颗心安定下来，然后回到我出生的城市。

2016年9月开始复习，从圣诞节结束初试，到2017年4月初才进行复试，再到快要5月的时候还不见拟录取名单的踪影，没有哪个学校比上戏更磨蹭了，战线拉得比水蛇还长，叫人等得火冒三丈。

直到4月27日的上午，我毫不抱期望地随手点开学校官网，结果竟然出来了。

刚看到"2017年硕"几个字就涌出一种如释重负的感觉，点开之后先检索到自己的名字，再小心翼翼地高兴起来，又生怕这只是个一戳就破的气泡，一个字一个字反复确认了好几遍。最后，我忍不住截下名单发了一条简明扼要的朋友圈："我有书读了。"

后来其实很快就平静了，接踵而来的又是今后该怎么走的迷惘。我打觚筹交错的社交圈里消失，躲回质朴无华的清净小城，待在自己的"瓦尔登湖"边，一待就是大半年。回头想想，这半年简直跟做梦一样。

在开始复习之前，我写了一个电影剧本参加比赛，全因为一个学长说，如果拿到相关奖项，可以在面试环节加分。

那是我第一次写九十分钟以上的完整电影剧本，讲了一个经历感情挫折的熟女和一个误入歧途的青年在火车上相遇的故事。快到初试的时候接到一个北京的陌生电话，说我拿奖了，那一刻仿佛梦想的大门徐徐打开，金光笼罩在我身上。

最后得知只是个末奖，兴奋不免打了折扣，不过鉴于下笔写的时候我还是一个100%的门外汉，便宽慰自己：你必须要有进步的空间。于是拿着两千块奖金去长沙买了一件大衣，很欢喜。

我剧本里的女主角站在车厢连接处抽烟，对男主角说："很多人不允许你做这做那，是因为他自己不敢做做不到。一旦尝到了违禁的那种快感，戒下来可就难了。"

这不若说也是我的心里话，对于写剧本这件事，我尝到了甜头，不论是写不出场景时的堵心，还是沉浸在脑补画面里时的酣醉，都叫人着迷，忍不住手忙脚乱地想要掏出自己的一切奉献给它。

我高中时看张爱玲的《私语》，就想着有朝一日要去上海，要把它改编成电影，大学填志愿也写了我以为和电影最相近的专业，尽管后来发现事实并非如此。听上去目标如此明确，却也是折腾了这么多年，才终于狠下心斩断后路，朝着牧羊少年梦中的金字塔走去。

事实上，这并非我第一次考研。大四那年我曾经报考过中戏的电视剧编剧专业，这两所艺术院校都是毫无备考资料可言的，我乱撞一气，又听了家人的建议，做了考研和就业的两手准备，心理上也完全松懈下来。

那会儿身边的同学要么在忙着找工作，要么已经保研或者拿到国外学校的Offer，我每天跑文科图书馆，心思却一刻也不在书本上。

后来结果出来，中戏招生办的老师打电话说你有一门差三分，是专业课，不好破格，快抓紧时间调剂吧。我很平静地说谢谢，挂了电话转身就开始投简历，一点儿也不觉得沮丧。

那时我甚至喜滋滋地想，至少说明我有这个潜力对吧？没怎么复习，总分就能排在前面，写剧本的一科也拿到了138的高分，进不了复试不过是因为基础知识一科差了区区三分，如果多背一个名词解释也就能进了。

现在想来，其实根本就不是当时有没有多背一个名解的问题啊，这是质的差别。

就像"考研帮"上有人说："当初你付出80%，别人付出100%，你以为没多大差别，最后别人收获了100%，你却收获了0。"这话虽然鸡汤，但是很有道理。那年考的基础知识回头想想一点儿不难，但我就是一无所知，当然是态度问题。

所以在开始第二次考研之路的时候，我已经算是破釜沉舟，并做好了充分的心理建设，从头到尾没想过考不上的情况。

我在家复习，房间的窗户对着山，抬头就能看见坡上的植物和一小块天，四个月里，我就看着天亮天黑，绿叶变黄，最后只剩下光秃秃的空枝。虽然偶尔也懈怠，拉着朋友逃出去玩儿，但那厚厚的一摞书和剧本没有白啃，自己都能感觉到知识量的上涨和学科上的日渐明晰。

我跟爸妈说，我就奔着考上去的，不要跟我商量考不上怎么办，只是拿几等奖学金的差别。当然，这话肯定是结果出来了我才敢厚着脸皮写出来。

我很记得初试和复试结束后的不同心情。

初试考点设在市里的一所中学，高考前都能倒头酣睡的我，居然在考研那两天深夜一两点都没能入睡，要知道第二天早上六点就得起床。我翻来覆去，一次次睁开眼睛抓起手机看时间，又闭上眼睛强制自己放松，空调室外机里的水一滴一滴落在下方的硬物上，嗒，嗒，嗒……我觉得自己完蛋了。

第二天坐在考场里，果然是眼花头懵，脑子处于过度兴奋状态，疯狂地运转着，反而成了一坨糨糊。现在想想，能侥幸过关倒也是运气好，题不算难。

初试结束的那天是圣诞节，几乎是2016年冬天最冷的时候，铃声一响，考生们应声而起。那天下了小雨，很冷，呼出的气是团团白雾，我和两个一同考研的老朋友手挽手走出考点，直接走到旁边水果店买了几颗平安果送给她们，开心得快要化成气体四散到空中去。

复试不一样。我等了很久，从知道初试成绩后的激动和信心十足等到4月时的麻木和不确定，眼看着别人的结果都尘埃落定，这边厢却还不知道面试到底是什么情况。

我提前到了上海准备复试，住在朋友家里。然而，那段时间明明是要做很重要的事，跟上班的朋友一起却总像是不务正业的那一个，这感觉很烂。

后来我和朋友短租了个距离上戏只有一公里的房子，复试前一天拿出专为面试买的新鞋，用热毛巾敷软了边缘，穿戴整齐地走过去。

才一公里而已，新鞋就已经把脚后跟磨掉了一块指甲盖大小的皮，几个脚趾也磨出了水泡。我还刚进校园，就不得不一瘸一拐地先挪到前门旁的便利店买创可贴，那样子狼狈极了。

还和长得白净斯文但态度极其冷漠不耐的招生办老师一起，增添了我对这里似有若无的不确定感，一种无法归属的不安全感。

那天晚上同住的朋友看了一眼沮丧的我，忍不住说：穿你最舒服的衣服去吧，熟悉的东西才会让自己放松。我便再不折腾那套"新面目"了。

谁能想到，复试的第一天，我仍是遭遇了滑铁卢。

练习了一两个月的口语，临考之前一遍遍修改英语自我介绍，一遍遍背诵真题和套句。但最后，栽在了最简单的"最喜欢吃什么"上。

我下意识地说"我喜欢吃辣的，我是湖南人"，然后拐到了我喜欢做饭这件事上，很快发现跑题了，没几句就哑口无言。

"I don't know how to say， does it matter（我不知道还能说啥，这没关系吧）？"

老师有些难以置信地抬头看看我，说行了你走吧。

我大概是脑子进水了，不如真说I have no idea（我不太知道）呢，还更高级。这句话我跟朋友练习了很多次，她说你用不着，面试总不能说我什么都不知道吧？结果一语成谶。

然而上午口试结束后我还在心里开导着自己，即便只是盲目地乐观着。直到下一秒，拿到复试笔试题并摊开来的那一刻，我终于苦笑了一声，脑子里像放弹幕一样滚动着一句吐槽：是在玩儿我吗？复习的全没考，考的全没看，我绝望极了，仿佛一眼看到了前功尽弃的结局，忍不住觉得这应该是场梦，也许可以醒来就重启这一天。我呆坐在位置上至少五分钟没有动笔，也不知道从哪里写起，我清楚自己是写不出标准答案的。算了，就这样吧。我拿起笔，开始搜刮脑子里仅剩的一点儿知识，就把能扯的先扯起来吧，完全不会的就看字说话，管不了那许多了。那三个小时里，我大概是放弃了，但又忍不住开始佩服自己瞎扯的功力。

好比有个题，让分析《日出》的人物关系。我记得《雷雨》，记得《北京人》，就是忽略了《日出》。那是两年前看的剧本，情节已经忘得差不多，人物也记不得几个，潘月亭的名字死活想不起来，就记得是潘经理，八竿子打不着的潘石屹又老是钻进脑子里。但真的，就这点儿存货，我足足扯了一千多字。

走出考场，又是个下雨天。一路上大脑全是空白，等回到住处，给爸爸打了个电话，原本凭着阿Q精神支起的铠甲在亲人面前瞬间瓦解，大哭了起来。是真的觉得委屈，觉得造化弄人，叫我空欢喜了那么久。那一刻我想到了今后，想到若是失败，颜面扫地，该是多么可怕。

当晚我又看了一遍《日出》，心情慢慢好了起来，拍着大腿感叹曹禺真他妈是个天才，就在我这个年纪，就写出这样的本子来。我期待第二天面试导师能够问起，我就可以直说，的确是考过之后才又看了一遍，但这次我对人物关系，真能给分析透彻了。

可惜第二天老师并没有问这个。

那天我鬼使神差地准备了五份简历。等在门外的时候，我透过玻璃朝里看，掰着手指头数了数，竟不多不少正是五位考官。心下一喜，这大约是一个好兆头。叫到名字了，我最后看了眼面前长得还不错的监考学长，扫视了一圈周围数不清的美女，深呼吸，推门进去。

我给每个老师都发了一份简历，坐回位置的时候心情格外平静，甚至颇有闲情逸致地看了一眼窗外，然后才不紧不慢地开始自我介绍。面上一副不打算垂死挣扎了的模样，却还是有心机地在叙述过程中暗暗加重了本科学校、获奖经历、一直以来的热爱，和帮爸爸给高中生上《雷雨》选段的奇特遭遇。

系主任坐在正中，手握简历微笑着，像聊天似的随意提问，那些问题没超出预先准备的范畴，我也和前一日判若两人，松弛得像是从来都很自信的那一个。事实上他肯定的意思已经很明确了。

我偷偷瞥见最边上的女考官对身边的男老师指着简历的某一处，低声交流着什么。我听不见，却很清楚，那个位置陈列了我的获奖经历。所以最后走出去那一刻，我是雀跃的，十拿九稳的，是觉得下雨天也变得如此可爱而有意趣，甚至想扔掉伞直接冲进雨里的。▶❘

○ ‖ ⑩

半年里（下）

消失的

考研结果出来的那一天，亦是我外公的七十九岁大寿。父母都回了大山里的外公家，打电话告诉我妈结果的时候，她应该正在酒席上，我听见她的声音盖过那片嘈杂，她转身跟亲友们报告了这消息。
那一瞬间，我竟被她的兴奋感动得一塌糊涂。

我很感谢她，在家复习的日子里，她每天出门上班前都会把菜做好，荤素搭配装在一个保温盒里，我就心安理得过着脖子上挂大饼的日子。
我们脾气都拧，总是吵架，但她真的非常爱我。

还有我爸，他已经不像六年前那样思维敏捷了，却一如既往地耐心陪我聊天。那段时间我独处过久，又一次性看了大量的书吸收了太多观点，常常会思考很多，苦于无处讨论。

于是我爸常常一下班就被拉过来，聊一些他其实不太懂的话题。他从来都是认真听，时不时给出一点儿自己的想法，很久之后才小心翼翼地问一句：爸爸喝口水去行吗？

他们心底里或许并不支持我走这样曲折的一条路，但从来也是依着我自己闯荡，再给予我一些力所能及的帮助。和同龄人相比，其实这样就已是奢侈。

那几个月里，我还养了一条狗，一只黑色迷你泰迪，叫银酱。我从来没有晒过她，因为她实在不太上镜，或许也因为我对她的爱不是"朋友圈主义"的。

她陪伴了我五个月，每天下午六点开始大叫着催我出门散步，比公鸡打鸣准时多了。她总是乐呵呵地跑在前面，不时回头看我有没有跟上，若我假装要走，她一定放下嘴里的一切飞奔过来。

因为有她，我过了一段劳逸充分结合的日子。一个人复习时常孤独，她总是最愿意陪我的那个。有时候我嫌她太粘人，却忘了自己也一样粘着她。

银酱从走不稳路到能听懂我的指令，会坐会趴会站起来，会自己开门和脱衣服，会叼着小球放在我爸的脚边，拖着他的裤脚让他陪她玩。我假装要揍她的时候，她会倏地站起来用小爪子把我的手摁下去，还哼哼唧唧的，机灵得不行。

她在我身边像个孩子一样迅速成长，从一只笔袋大小到我一只手都抱不动，却在即将满半岁的时候，忽然就离开了。以一种很惨烈的、我不愿意回忆起来的方式。

那一天距离考研初试只剩十来天，我毫无准备，后悔自责，哭得不成人样，颓丧得让所有人都开始担心我的状态。像是完整的生命突然缺了一块，像是站在太阳底下感受不到阳光的温度，像是开始全盘怀疑幸福的本质。

如果迟早要失去，拥有又有什么意义？除了徒增伤痛以外。

许是太过伤心，几天后的晚上，我梦见她了。她的每一根毛发都那么真实，笨拙地爬上床窝在我怀里，毛茸茸的小身体依旧温暖。很久之后她才离开，在蓝色的月光底下，用人类一样悲哀但平静的眼神看了我很久，然后缓缓消失。

一切都太过真实，真实到我一个坚定的唯物主义者都有些恍惚。

大姑安慰我说，别哭了，那是她来跟你告别了，她会保佑你的。后来我真就接到了录取通知，慢慢走出低迷。

银酱来到我的生命里，给我上了一堂关于"死别"的课，仿佛在一瞬间让我老了十岁。我有多悔恨最后那天对她毫不知情的严苛，就有多明白，你永远不知道眼下的这一面是不是最后一面，所以不管怎样，要珍惜，要拥抱，要表达爱。

2017年年初春节期间，尚不知道初试的结果，有天在家和亲戚们聚餐，我们都喝得有点儿上头，聊天聊到深更半夜。

那天我竟像个真正的成年人一样和叔叔们交流，或者说，其实是像我妈妈一样地。我发觉自己某些方面和她越来越相似了。我对十几岁的弟弟们加以忠告，告诉他们不要得过且过，不要以为可以混过这一辈子。聊到一半，我忽地跑进房间，把整整齐齐收好的初试文件都翻出来，从里面取出一张大大的百日倒计时和厚厚一沓每周计划的便利贴纸。我把它们拿出房间，用一种自以为很酷的姿势甩在客厅的桌子上，告诉孩子们实现一件事必须有所付出，不是嘴里跑跑火车就可以的。

我又指着几个叔叔对这些小男孩们说：你们的爸爸也有过十几岁，那时候他们也跟你们一样贪玩，想要早恋，不爱念书，但他们从有了你们的那一天起，就开始学会做一个高大的父亲。你以为如今的他们又愿意这样起早贪黑地工作吗？没有不想偷懒玩耍的人，只不过人一旦有了责任，就要学会承担责任。

现在想起来虽然正经得有点儿傻，但那一晚，真的，无论大人小孩，所有人都很安静地听着颇有醉意的我的慷慨陈词，还不时若有所思地点点头。停了一会儿，一位叔叔也接过话头，对他的大儿子说：其实你做的所有小动作，都瞒不过爸爸的眼睛，就像姐姐说的，我们也是从你们这个年纪走过来的。我不拆穿，不过是想给你留点儿面子，你该明白了。

那一刻我突然觉得自己真的开始变成一个大人了。
变成大人，不仅意味着开始愿意对自己下狠手，逼迫自己朝着理想多走一点再多走一点，也意味着开始愿意做很多从前不耐去做的事，只因为那是他人的需要。
消失的半年里，我还收获了很多意外的成就。
譬如很多本印有我的文字的杂志或合集，譬如对一段感情干净利落的遗忘。

又或者是知道了怎样在一氧化碳中毒陷入昏迷前死里逃生，在封闭的高压氧舱里被智力剧降的脑溢血病人拔掉呼吸管时怎样制止他，怎样在一楼起火时带着表弟从七楼逃生……这样讲起来，这真是不平凡的半年呢。

2017年月我回到上海，在街头和朋友遇见时，她惊讶道，我发现你根本不像去干了一件考研这么苦逼的事，你看上去甚至比以前更精致了。当然她指的是着装，毕竟研究美妆时尚也成了那段时间里我的一项业余爱好。

但话说回来，我从上海，从循规蹈矩的大路上消失的半年里，说没有一点儿恐慌也是假话。社交网络上，你能看见同侪们的生活一步一印，即便不那么轰轰烈烈，也是心安气和的。这叫我担心自己随时会被抛在后头，再也无法追上大家的步伐。

所以在得知考研结果的那一天，短暂的兴奋之后，接踵而来的才会是怅然若失，以及一如既往地愁于眼前的生计。
只是无论如何，我知道自己丝毫不会后悔这一次的选择。尤其是，在等待面试的时候，我问了问身边应届考生的年龄，她们竟也是94年的，有人甚至比我还大上一点儿。

多奇妙，好像时间在我这里静止了一样，真是无比庆幸，十几年前我入学不小心早了一点啊。▶|

○ ‖ ▶

我曾是个胆小鬼

我妈跟我提过很多次。

在我们一起坐在电视机前，调台到新闻节目，看到外景记者发回前方报道时，她不厌其烦地一次次重复念叨："我还以为我能在那里面看见你。"多数时候我只会瞥她一眼，拿人各有志的老生常谈怼过去，但私底下自己想想，这之中我不曾真正面对的，或许是一丝丝羞愧。

是的，我一度羞于承认自己其实是一个胆小鬼，一个不敢做新闻记者的胆小鬼。

我可用以原谅自己的借口有二：一是我原从高中起，就想要从事电影行业而非新闻，选广播电视新闻这个专业也仅仅是因为它听上去更接近影视；二则，我虽无夫儿，但有双亲，怎可叫自己时刻置身于危险之中？

但无论如何，我又的的确确在大学之初，拥有过一年半载的新闻理想，也确确实实学习了四年的正统新闻知识。只不过最终四年毕业，我从没尝试过去成为一个真正的记者，也早就忘了是于何时何地怎么样丢掉那个理想的了。

谁都知道记者是典型的吃力不讨好的职业。一群人时刻站在镜头前面，自然也被污名化得更厉害。蜂拥到事发现场，一面提着各种烦人问题一面拿笔刷刷做笔记的就是记者吗？很多人都这样看，但不得不说，提问是人的本能，尤其在与自己相关的事情上，又有谁希望被当成傻子愚弄呢？

于是记者们站出来了，负责代替所有人来关心这个小小世界，他们更像是一群不怕事儿的人，被群众推选出来的居委会主任，负责一针见血地提出最客观专业有意义的问题，把事实摆出来揪着大家看一眼。而我恰恰并非一个不怕事儿的人。

上了一年的通识理论之后，我在大二那年终于摸到了摄像机和话筒，兴奋而虔诚地。那学期每个学生都需要完成一个纪录片、一个微电影，和一个电视节目，任务量不小。

我和另一个女生组队拍纪录片，主题是南京东路的街头艺人。那段时间我俩每天都抱着机器和脚架去南京路步行街，又在深夜拖着这几十斤重的器材赶上地铁回学校。系里男生少，女生都修炼成了汉子，这是无可抱怨的事。

那一天我们照常过去，对一场正在发生的冲突毫不知情，不知道成群的警察和老人正在这个上海最游人如织的地方对峙着。我们照旧举起摄像机打算采访路人，很快被误认为是专业记者，随即被蜂拥而至的市民夹围在中间，水泄不通到手机一度失去信号。

一张张脸充满了愤怒和抱怨，无数张嘴你一言我一语大声诉说着。有人对着镜头指自己的头，哀声哭叫说被打了；有人奋力拉扯我，说小姑娘你跟我走，我脱衣服给你看看我身上，肯定有瘀青！

那一刻我全然没有作为一名合格记者应该有的如猛兽嗅到猎物气味般的兴奋和快感，反倒不由自主地害怕了。

我被数不清的情绪激动的人们拱在中央，像是被逼上梁山的绿林好汉，不振臂一呼都对不起这阵势。可不远处就是不下一百个装备齐全的人民警察，我打心眼儿里没有往枪口上堵的意愿，倘若局势不控，我大概只会成为一头雾水的炮灰。

一个专业的记者面对这种场面，理应尽快了解清楚发生了什么，并马上进行第一现场的记录，因为这些珍贵的现场画面将会是最宝贵的素材。

但那时的我，满脑子只有恐惧。那种害怕像是一种应激反应，并不由自己做主，情急之下，我竟关掉了机器，装作要去拍另一些画面，借势逃出了重围。

一瞬间的胆怯和犹豫，我错过了一个极有震撼力的镜头：乌压压一群老人站在道路两旁，对列队而过的上百位警察发出如潮的嘘声和叫骂声。其实打心底里说，当时我就懊悔得恨不能给自己一个耳光，那个懦弱的我，叫自己都鄙视极了。

我从前没认真想过这些。我没意识到，除了本身对另一行业更感兴趣之外，还有胆小怕事的因素左右了我的选择。

我亦没去深想，那些老记者还是小鲜肉的时候，头一回碰上危急时刻，是不是也会害怕？哪怕是这个行业里最优秀最拔尖的那些人，难道不也是肉眼凡胎，会疼会痒，会有一众牵挂，有诸多割舍不下的事。他们为何仍是选择站出来？

"你暗访时怕不怕？""怕，真的很害怕。"每次被问及这样的问题，年届六十的记者陆兰婷总是答得坦率，但她坐在教室里跟我们说起那些冒险一般的暗访经历时，多么像一个哥谭市的女蝙蝠侠。
一个普通人，在泰山崩于眼前的时刻没有选择躲在人群之后，而是做了一只挨枪子儿的出头鸟，不若说是一种人性的奇迹。

2016年上海电影节抢票的时候，我睡过了头，奥斯卡最佳影片《聚焦》几秒钟就被抢空了。直到今年，我才一个人在私人影院的小包厢里看了这部片子。

剧情没有大开大合的激荡人心，可就跟春蚕织茧似的，故事的丝一根根把人缠绕进去，到最后近乎窒息。影片结束的时候，演职员表在眼前滚动，片尾乐回荡在狭小空间里，我坐在沙发上好久都没有离开。

虽然在这部片子里，我最大的疑问没有得到回答，我看不到这群精力旺盛的记者们更细腻一点儿的心理，看不到犹豫和踌躇，这叫我不大相信。但它依旧让我缅怀万千。

总编巴伦在对那篇震惊波士顿乃至美国乃至整个宗教世界的报道做着最后的审核，拿出笔在稿子上划拉一下。旁人问怎么了？他很自然地说："Another adjective（又一个形容词）."

哪怕学艺不精，这句不起眼的话仍叫我心中一动，叫我脑海立刻浮现出那位戴着眼镜高高瘦瘦的，总是拒绝迟到学生进门的老师，想起他说的"在新闻报道里，形容词应当尽可能地少"。

那时候我以为自己只是一点点的不认真，只是一点点的不熟练，只是差一点点就可以拿到A。全不知这"一点点"是质的差距，而愿意并且能够做记者的人，根本不是用几个"A"来评判的。

大学四年，我做过校报记者，参加过大型论坛的记者团，为采访过前联合国副秘书长之类的大牛而虚荣骄傲着，到头来却仍不知道该怎样去追踪出一个深度报道，怎样去挖掘一个事件的因果始末，怎样将社会的丑恶整个儿翻过来面朝阳光。

那时候我在吴文政报告厅听袁文逸讲述在利比亚战争中的见闻，心潮澎湃到提笔写了一个关于战地女记者的小说，可惜只开了头便没了尾；那时候我和同学拎着机器去棚户区的烂尾楼采访上访的老百姓，却只拿人家的苦难故事去交了作业；那时候我看动车事故的深度报道看到痛心流泪，却也很快忘了跟进后续。

我做了不少一个求职者简历上可以大写特写的事情，却没有学到一个新闻工作者应当学习的素质。

而今时今日，我考了上戏，就要彻底去往另一门向往已久的学科的路上了，回头看看，仍有不舍和羞愧。

在学习新闻的岁月里，我从没有过一追到底的勇气，没有披荆斩棘的行动，最多只有转瞬即灭的愤怒。毫不客气地说，大多数我的同学，大多数与我同龄的年轻人，也并不比我好到哪里去。

这不是什么值得骄傲的事，即便在这正义感和理想主义被空前耻笑的年代，在这人人都各扫自家门前雪，不管路有多少冻死骨的年代。

我有次收拾东西，翻出了大一时的日记，那里面记录了一桩见闻：某党报来校招聘，宣讲会结束后的提问环节里，师哥师姐们多只关心贵报社的工资待遇如何。

而彼时尚且天真的我自觉蒙羞，在深夜的日记里暗暗祈愿四年后的自已不至于如此世俗。

谁能想到，四年后的情况似乎更为糟糕。

那是2015年，国际记者联盟的数据说那一年至少115位记者非正常死亡。而在中国，那一年创业和自媒体正如火如荼，电影票房节节攀高，娱乐的浪潮一波接着一波，而我的毕业论文写的是微信朋友圈里的病毒式传播。那一年，新闻学院毕业的我们都想搞个大新闻，却没有人打心眼儿里关心真正的新闻业的生死存亡。

没有几个人还会愿意往传统媒体去，甚至没有几个人愿意继续进入媒体这一行业。毕业那年同学之间不时交换着彼此的求职进度，拿到BAT和咨询业Offer的那几个同仁才是头顶圣光脚踩火轮的幸运儿，是被人人羡慕的对象。

往后，新闻越来越成了猎奇的场地，一时能掀起三层巨浪的事件，大概不出三天就被遗忘得干干净净。追过了热点之后，就没人再去过多关心当事人的苦痛。争取到人们的眼球多难啊，可还不等弄清状况，就立马被遗忘被忽视，等待这些人的也许就只有毁灭。

但你不能较真，"较真"是多么被讨厌的性格啊，你要做一个好相处的人，无论如何，多一事不如少一事。况且中国人骨子里，又常有一种不到黄河心不死的阿Q精神：过得最糟的那个人不是我，这就够了。

可我只觉得周遭越来越冰冷。有人哀叹说："当事件发生，已经没有记者在赶往现场的路上了。"的确，各大报业的许多资深记者都拿了投资，赶往所谓内容创业的路上去了。

而那些风靡朋友圈的爆款文章，把这世界塑造成了一个个囚徒困境，人人都想跻身中产以上，都希望有一天能自带一种从骨子里散发出来的优越感，都在骂"你弱你有理"，相信可怜之人必有许许多多可恨之处，不认为世界上存在一代两代无法逾越的生存环境障碍。

哪里还有人要去选择做新闻呢？这么个又苦又累又赚不到钱又被人骂的差事。
但我逐渐觉得羞愧了。我经历过一段时间极力主张个人主义的时期，想着只要人人都能够独善其身，世界也会变成美好的人间，即便那时身处在一个充满理想气息的创业团队里。
过了那个时期后，我愈发觉得自己的狭隘。

人们惯常说"关你屁事"或者"关我屁事"，这两句话真是酷毙了，只是多数时候，后者不过是一句自私的借口。这次你运气好，是一个"幸存者"，可倘若下次遭遇厄运的是你，我想没有一个人希望被袖手旁观。
没有谁应该用道德绑架谁，但我们力所能及的比想象中要多。

我很喜欢那个肤白貌美，原可以像多数摩登女子一样只坐在办公室，享用隔壁办公室追求者送的奶茶的重庆女孩，她毕业之后选择进藏做长期的支教老师，朋友圈很多都是不遗余力地为贫困孩子们募捐的消息。

她没有整日耗在自给自足里，也依旧过得无比心满意足。她将大把的日子放在了需要她的人身上，也依然能够拥有自己的小时光，能与天与地，与牦牛白雪相伴，就着昏暗灯光读首小诗喝口小酒。

她身上仿佛有光，在她面前，我必须承认自己不够博大。
我说这些，多么逆潮流而上行，多叫人误以为是个满口仁义道德的小粉红啊。可我并不害怕被这样认为。

电影里，孩子们的颂歌在回响，画面是在孩提时被凌辱的受害者们接受采访，倾诉着那些丧心病狂的神父给予他们的痛苦，多么讽刺。
信仰对于穷人来说已经是一种无可奈何的安慰，却还有人在肆无忌惮地用最恶心的方式来毁灭这种信任。

那些手臂上布满吸毒的针眼、三句话不离"shit"的受害者，那些迫于朋友和社会的压力不敢为孩子索取正义的父母，并非自愿地选择这种生活的啊。
"如果有九十个这样的浑蛋，人们会知道的。"
"也许他们的确知道……也许他们想做Good Germans（良民）。"
还是那一幕，记者们在办公室里吵了起来，为从前放任这种骇人听闻的事而互相指责。

那位新上任不久的犹太籍的总编打断他们，说了一段发人深省的话：
"我们大部分时间都是在黑暗中摸索，突然灯被打开大家都会相互指
责，我不能评论我来之前的事情，但我觉得你们在这儿的报道都做得
很好，它们将会对读者产生立竿见影不可磨灭的影响。这种报道是我
们工作的意义所在。"

波士顿是个小镇，美国也是，中国也是。如果养一个孩子要靠全村之
力，侵害儿童也必然是全村之罪。若没有影片里其他良知未泯的人的
帮助，仅凭记者们的努力同样也到达不了终点。

当我们自以为成熟就是用"＊＊＊"来代替臆测中一定会被和谐的事
时，我们从未尝试去做一个勇敢的破局者，哪怕还这么年轻。雪崩
时，当然没有一片雪花会觉得是自己的责任。

事到如今我承认自己胆小，也自知做不到前辈们那样无畏，更不会举
起道德大旗号召所有同仁们一脸凝重地投奔专业新闻，投奔社会主义
伟大的复兴事业。

但我想我一定会尝试的，是在当下之位，尽可能多做有价值的事，不
仅仅是为了实现个人价值而已。我也一定会给予那些执着的人足够的
尊重和敬佩，做出这样选择的他们，应该得到的不是看"怪胎"一样
的眼神，而是一个肯定。

《聚焦》的结尾，在报道发出的那个周末，几位记者都不约而同来到了办公室，电话一直在响，不停有受害者打来，预期中的闹事者一个也没有。

最后那个15秒的镜头里，主编罗宾森站在小办公室里，出神地望着外面忙碌通话的伙伴们，一道铃声一直在响个不停，他起初恍若未闻，很久之后才终于发现是面前自己的电话，迅速接起：

"Spotlight（这里是'聚焦'）."

画面陡暗。那个急迫的电话，不管从前忽略了多久，最终有人接起，就好了。▶|

Chapter 2 / 可惜的是，后来才发现，
好多热忱只是陌生人的礼物。

我们如此不同，却又撞到一起

○ ‖ ⑩

千万个她
里的你

我喜欢过很多女人。当然不是爱欲那种喜欢。

如果你去问一对恋人为什么喜欢对方，他们大多讲不出什么具体理由，什么一见钟情，什么"对我很好"，甚至夸下海口：不管他或她怎么样，我总归都是喜欢的。可对同性就不一样了，因为无须讨好，所以标准甚高，甚至普通的达标都不足够，还得凭感觉，看气质，体会不可名状的磁场。或者干脆就是她太优秀了，滴水不漏，让人挑来挑去都找不到不喜欢的理由。这种完美女性现如今也是越来越多了。

念大学的时候去剧社面试，面试官随口叫我评价剧社里与我同班的一个品学貌兼优的姑娘，我思索良久，最后也只能无可奈何并发自肺腑地吐出一句，"完美"。

人们常笃定道，你不喜欢某些人是因为她身上那些和你自己相似的缺陷，而喜欢某些人，也恰恰是她们身上有你期待拥有但又太难拥有的特质。头一句倒是未必，后一句却有一二道理。都不必太了解那些她，只管掇取自己喜欢的特质就好了。像林依晨那样和风细雨，像周迅那样至情至性，像娜塔莉·波特曼那样追求完美。

又像在看第二遍《老友记》时喜欢的怪咖菲比，这个极其独特却非常善良的女孩。从她身上，你能学到怎样跟自己讲和，怎样才能不在意别人无谓的看法——而这正是我需要大补特补的营养。

这些让你忍不住打从心底里喜欢的女人，绝不是因为她们清纯可爱人畜无害，也不是因为她们左右逢源人脉通天，却是因为她们足够成熟，有自己堪称一座宝藏的灵魂，就像林奕华说他看见张艾嘉写剧本时的样子："不管周围有多少人，我都看见她其实在一个荒岛上，创作让孤岛重新变成一块大地。"这些女人自己就是一块大地。

有个礼拜六的下午，我特意去听了一位90后畅销书作家和一位80后民谣主唱的所谓"女性对谈"。起初就是想去听听那个与我同岁的作家会说些什么，想知道在我们这个年纪已经小有成就的女生会是个什么样的状态，这说不定也能给我一点儿启发。

可那真是一场尬聊啊，二人不时冷场，像是两道频率总是对不上的电波。场内二三十把椅子被坐满了，我只能坐在靠电梯出口的地板上，以一种很虔诚的姿势听着，却几次都忍不住要起身离开，或者干脆趴在腿上打个盹儿。

但我终究没有走，我听完了，那位民谣主唱的话逐渐使我产生了浓厚兴趣。
她斜倚在沙发上，面上颇为气定神闲，黑底花裙裹着玲珑有致的身体，一张镶着剪水杏眼的娃娃脸却有几分像电影《这个杀手不太冷》里的玛婷达，还留着一样的短发，浓密黑亮。

话语里听出她或许有三十岁了，虽然那张脸说是十八岁也不为过，那份足够经历所赋予的自如衬得对面的90后作家有些慌张，后者像是求熟心切的小女孩，穿了过分紧致的衣服，不合身，也不甚自在。

她声线低沉平稳，反复提及着一个词，"自洽"。我记住了这个词。
这对谈是一个女性肖像展的延伸活动，结束之后我就去看了展览，厅里有三十五个女人的照片，扫对应的二维码就能听到照片里的女人讲述她自己的故事。

一些人的故事是听了个开头就要点击停止键的，无非是些成功学和体验课，是这些年已经听烦了的女性励志故事，与其说是在分享勇气，不若说是在卖弄经历。但这位民谣主唱，光是声音就叫人着迷。

"我是俞璐，民谣乐队小于一的主唱，我也写诗，我是个电影人。"

她实在是太特别了，三分钟的音频里，她并没有讲述一个真正的完整的经历，没有秀几个多么优越的标签，而是用了很庞大的语言，像是写了一首诗，谱了一篇乐章，传达了一些关于"自洽"的思绪，却汇成了一个"从万千面相中找到最准确的那个自己"的故事。

那段话仿佛什么也没说，却又使你瞬间醍醐灌顶。刚好，我这个年龄阶段，实在太需要找到一个确定的自己了。

她还念了一句她很喜欢的埃德蒙德·胡塞尔的话："我并不在移动。无论我保持静止或是我走动，我的肉体就是中心。"

是的，别人在谈阅历，她在说哲学。她试图用区区三分钟陈述一个"我是谁，我从哪里来，要到哪里去"的过程。这实在是太叫人惊喜了。

我想我喜欢她说话时足够稳定的气息，见惯世面的从容不迫，不在意标签的特立独行，和一套能够完满自洽的思维逻辑。她自己是一个小宇宙，不必试图取悦听众，也不祈求寻找到共鸣者，当她自己的世界已经足够稳定时，她才是真的无惧的那一个。

这是一个本身足够自洽的人才能做到的。当然，这或许是得益于她的家庭，从来就不必担心衣食住行，自小就生活在更形而上的思维环境，不必执着于普通女孩奋力才能得到的一切世俗事物，才能如此从容。我不知道。

我所确定的只有，她的这些东西，我都没有，却又都格外钟情。

我喜欢她，或许还因为听她说话能叫我站在一个足够合理的位置审视自己，叫我不至于囿于眼前的男女之情和生活苟且。而不是像其他照片里的女人一样，那些人所说的一切除了让我认识到自己有多么经历匮乏和声名稀缺之外，几乎一无所获。

她叫人宽广，而非狭小。
即便有些观点未必完全合拍，但在这样通透的人眼里，不同本就是合理。
她让我不禁开始期待自己的三十岁，思忖那时我会不会也能成为一个又聪明又镇静的能够自洽的女人。我希望是的。

我想起一档综艺节目上，宁静说就算给自己一个机会回到二十岁，她也不要。她甚至一脸避之不及的样子，说："我好不容易才活到这么老，才拥有一颗不会随便被摧毁的心，我才不舍得自己变得年轻。"

刘嘉玲在另一档节目里也说过类似的话，当被问到最喜欢哪一个阶段的自己，她说就是现在，二十多岁的刘嘉玲太慌张了，那么急迫地想要证明自己，寻找存在感，现在的自己才是最自信和强大的。

她们活了这么些年，终于不再是一株依附于人的菟丝子，而是能够坐在台上气场全开的女王。一个自信强大的女人自然是很能折服其他女人的，不过让同性喜欢的女人也并非千篇一律，拥有一颗足够纯净的心的女人同样也能让人心里柔软。

当年席慕蓉在讲堂里念了她写的一首首诗，青春逝去的面容上竟也垂下泪来。那时坐在台下的我深深被打动，情不自禁地也泪眼蒙眬。不管活到了多少岁，都仍然拥有一颗细腻的、时刻能被美好触发并写出一首动人的诗来的心，这也是多么难得的女人。

其实说起来，几乎所有的女生都经历过想成为别人的阶段。
小时候穿纱裙想变公主，再大一点剪了短发穿运动裤想做一个酷酷的假小子，后来想做社交女王，想当脚踩高跟鞋风风火火的都市女白领……不论是哪个，都不见得是真正的自己，大多数时候不过是一个希望出现在别人眼里嘴里的人设罢了。

而我如今想要做自己了。
做一个女人，不是男人，不是乖乖女，不是坏女孩，不是旁人口中的任何样子……只是我自己。

喜欢另一个女人，有时候不就像是在做个选择吗？
择一种情调，一种风格，一种生活方式，一种成长方式。

去看过很多个喜欢的她的故事，最后终于成长为自己。▶|

○ ‖ ⊙

不仅小确幸，
不止小确丧

夜里三点被鼠大仙吵醒，清晰听到它在厨房新放的粘鼠板上拼命挣扎并发出尖声呼救，跟着又听见它的小伙伴咬破金属纱破窗而入，室友连声惊叫，急忙一头钻进我的蚊帐。我拍拍她的脑袋，在暗夜里竖起耳朵听着动静，自信第二天定能收获一对偃旗息鼓的俘虏。

谁料到不多时，头一位就已经脱困，第二位在我忍无可忍打开灯进行棍棒驱赶之下，也光速遁入天花板新被挠破的小洞里。
这对伶俐的小东西呵。

我挫败地一屁股坐在床上，此刻已经是凌晨四点，听着窗外不知名的群鸟叽叽喳喳，丛林交掩之间留出的一方天色由墨蓝缓慢变作湛蓝，又泛起嫩白，匿于黑夜多时的棕榈枝渐渐显露于晨光，那一瞬间我觉得自己好像生活在原始的热带丛林里，是探险来了。

这是我看了近十套房子后选中的新租房，继自己重新粉刷以叫老房改头换面、装钉门纱以防再被闯进来的猫抓伤、智能洗衣机没地儿放只能换回老式双缸之后，如今竟然又在阴湿的黄梅天里有了鼠患。

你问我当初看上这房子的哪一点？
大概是小区古老有生活气息和邻里氛围，房租便宜离地铁站近，绿化好空气清新，文艺小资分子的聚集地M50就在五百米开外，出了大门走三分钟就能开始沿着苏州河夜跑，等等隐藏的技能点。

当初被中介小哥带进来只走了一圈就下了决心，想着不过就是老旧一点，自己动动手也就能粉饰一新了。

朋友过来做客也是一路惊叹，这看上去老旧得像自家县城九十年代模样的小区，走进来竟如此舒适：

楼下的八哥心情好时会说"你好"，人站在走廊上感受阳光洒满檐前，俯身看看院里的鸽子闲庭信步，邻居们拿着竹竿牵过树枝摘取琵琶，微风拂过，丝丝清凉，简直不能再惬意。

我也当今后的生活就是如此这般天朗气清惠风和畅，是充满文艺范网红照片里的小确幸了。可是生活总是在告诉你，阴阳双衡，物极必反，已经叫你见着了这么多的小确幸，怎么可以不再来点儿小确丧呢？
于是，上一秒我还在感叹上海竟能寻到这么一处地方，晨起与邻里热情问候，夜寐听不见一丝车鸣，能凭栏听取雨打棕榈，深夜不闭门户只待清风穿堂而过。下一秒就听见门外奇怪的动静，原是楼上邻居家那只壮实如虎的英短蓝猫越了"狱"，正从我家毫无防备的老式铁门的栏杆之间钻进来，迎面直冲向我，利爪刺破脚趾，鲜血瞬间渗出。

我慌不择路地站上凳子，眼瞅这山大王一路开进内室，跃到我床上，一骨碌慵懒卧下，凶猛的眼神却定定望住室友。我胆小的室友吓得连与这猛兽对视一眼都不敢，僵坐在地毯上一动不动。我只得狂呼门外的主人来救，第二天便上医院挨了几针。

叫你得意忘形。
我仿佛听见生活得意地翘起一边嘴角，邪魅狂狷地嘲笑道。

好嘛。我垂头丧气地坐在急诊室门口的凳子上，捂着针眼停留半小时观察反应，却又眼见两个穿着马甲手脚被铐的犯人被警察夹在中间，从面前缓慢踱过。那臂上文身骇目，身上锁链铮响，目中颓丧戾气仍在。我瞪眼瞧着，不敢出甚大气，人生经历也算是又魔幻了一层。

这些事我自然是没有在朋友圈里发出来过，嫌丢人打脸。但这也不是头一回打脸了，要知道，生活中对于"小确幸"最大的误判，尤在"人"上。
我刚搬进新家时和朋友一起粉刷内墙和外门，左邻右舍经过时总要站住脚盯一会儿，搭几句话，末了点点头说"小姑娘们老假了（上海话指聪明能干）"。

人们和颜悦色得叫我对这都市里难得一见的邻里热情充满期待。

可往后，我倒是不得不承认，如今无论是钢窗蜡地还是砖木老房里头，住的大都是一般行状的小市民。

租房里老旧的双缸洗衣机不好用了，人要时刻守在边上不说，一脱水就跟快要散架的汽车人似的，边剧烈抖动边整机走步。我不得不麻烦房东换一个智能的，新洗衣机正在过道处安装呢，那边厢一个年轻些的阿姨就大呼小叫地过来了。

"这怎么好走路呀？走不了路的呀！"倒也不敢直接冲着人嚷嚷，便不满地推搡着这物什，拍得砰砰响，迂回地冲着那无辜的洗衣机一通埋怨。装机师傅看了看足以并排过去两个人的空余，再看了看她，无奈停下。

我忍不住明打着圆场暗责备："阿姨，有事好好商量，东西是房东新买的，弄坏了算谁的？"听见后半句，她才猛地停下，悻悻然拧过脸去。

老房子面积小又排水不便，洗衣机只能摆在外边，实际上这新的并不比旧的宽出多少，还因她原先抱怨说拿着东西都走不过去了，而比原来的矮了不少。可真是按下葫芦浮起了瓢。

"我跟你讲，你要去叫房东给你换一个新的洗衣机知道吧。"我犹记得半个月前也是她，见我对着那古董洗衣机无可奈何，就凑过来使了个眼色低声怂恿道。

我也见着过邻家蔼然可亲的老奶奶，头天里跟隔壁年轻女子熟络地聊着天，隔了几天却也和另一头住着的阿姨附耳低言这家的不是。

也见着过院子里物业新装的晾衣架常常挂不满，偶尔天晴的时候想晒一点衣服下去，这设施正对的那家阿姨便道："不好晒这里，我们马上也要晒，要是你们都来晒我们没地方了呀！"也不知道已经是下午五六点的辰光，是真打算晒东西还是纯粹不愿与人一点方便。

这些形形色色的见闻叫我常常有些气馁，从一本满足的天堂跌入怀疑人生的暗井，叹着作为一只社会小白常叹的气，觉得世界总不如人想象得那么好，更不比文学小品或者鸡汤软文里宣扬得那般美妙。

但久而久之，我也便明白，多数时候，不是这世界不好，是你抱有的期待过高。

金宇澄在小说《繁花》的开篇写道，主人公沪生被朋友强行拉着听完了个邻里偷情被丈夫恶打的劲爆新闻。沪生不屑，说古代有个女人做了这种红杏出墙的事情，广大群众准备执行仗义，耶稣就讲了，各位如果是好人，现在就去动手吧。结果人们竟一声不响地各回各家，淘米烧饭睡觉去了。

他讲啊："耶稣眼里，天底下，有一个好人吧？只要脑子里想过，就等于做过，一样的，这有啥呢，早点回去烧饭烧菜，坐马桶。"

大抵要对这世间的鸡零狗碎看得通透，就得明白，俗尘沾染，谁也不会比谁高级一寸、洁白几分吧。或者至少，不会是纯然洁白的。

没有恶只有善就像没有黑夜只有白天，亦是一种地狱。你我都生活不易着呐，哪有谁能全然仙风道骨地站在高地上。

那些生活中不期而至的美好，是不定期的特价折扣和买一送一，不是每天都有的"最后一天跳楼大甩卖"。而惊喜之所以给予人数以十倍的快乐，可不正是因为这种不确定性和稀有性吗？就像我最喜欢的台湾之旅，也恰恰是在没有预设的情况下常常收获意外之喜。

虽然对这世界常怀希望未见得是坏，那是少年心性，亦是纯粹灵魂，是比生活本身更美好的存在，但若是"过度希望"，却是会导致悲剧。

像是《被嫌弃的松子的一生》里的松子那样，纵然是人们辜负了她，或多或少不也是自己被盲目信任遮蔽了眼睛，在一次又一次过度希望的破灭里摧毁了自我吗？

或许只有愿意坦然面对华袍下虱子的人才懂得吧，那些个屋漏偏逢连夜雨的日子，不是生活独独对你尖酸刻薄不厚道，也并非水逆或者犯小鬼，事实上，那就是生活本身。

烟火人生里，从来就不只有小确幸而已。

这非妥协，而是成熟。▶︎|

○　‖　⏭

再会，
上海女房东

我不是地图炮，在上海待了六七年，早就从刮个大风都觉得稀奇，到能跟隔壁只会说上海话的老奶奶无障碍沟通，习惯了小市民打嘴仗时的雨点子一样的喧哗和红烧生煸甜甜黏黏的餐饮，把自己随处一丢，不用导航也找得回去。

做一个异乡人久了，你当然明白旁人对这座城市的刻板印象有很多片面之处，像交了一个朋友，你知道他才不是别人嘴里的那些简单的名词，但也更清楚，在什么场合下他会让你如沐春风，又是在什么情境中，他叫你一瞬间从头到尾失望透顶。那都是极其具象化的感受。

就像时隔几年之后，我依然记得有个阴沉沉的下午，我不得不躲开同事，站在偏僻的林荫道上大哭，完全顾不得来来往往的人投来奇怪而鄙夷的目光。这么些年，我还是第一次这么讨厌这座城市，讨厌一个上海女人。

其实回头想想也不是什么大事，不过是特定阶段不够成熟的自己，不会妥善处理事情而闹出来的过度反应。
当时正值毕业，和朋友租了套房子，她还没住进来，父母又刚好要来参加我的毕业典礼，便商量让他们在家住几天就离开，出于礼貌主动知会房东一声，谁知她却怎么都不同意。

起初我们还是尝试沟通，但谁也说服不了谁，谈到最僵的时候，她不仅带着那种训斥小孩般的口气，咄咄逼人，还一脚牢牢占据住高地，威胁说要么你今天就搬出去，我不要你住了。

我瞪大了眼睛，觉得她简直是不可理喻。我明明付了钱，拥有一个房子的使用权，却完全像一个不被信任的入侵者。可好汉不吃眼前亏，我拉下面子言语恳切，做着一切能做的保证，语气卑微得像衣不蔽体的流浪汉在乞求一个硬币的施舍。而电话那头的女人，她和我母亲有着同样的姓氏，却冰冷得仿佛没有一丝人情味儿。

当然，我也是后来才认识到，在上海祈求人情，可以说是比较愚蠢的做法。
被说得跑出公司去哭这种事，讲起来真的是很委屈很耻辱了，不过掉的那些眼泪其实更像是可怜自己，可怜自己在这个待了几年的城市里什么都不是。所谓倍感亲切，只是一个外地人的一厢情愿罢了。

我甚至恐慌，这一刻我竟然不知道在他乡，在一个陌生人面前，究竟会有什么东西能证明我这个人的可靠。名校证书不行，礼貌举止不行，芝麻信用也不行，什么都不好使。

我跟她说不清楚了，沟通得头都大了，像是冥王星跟地球那么远，根本接收不到彼此发射的信号。后来我母亲决定自己跟她通话。我就坐在旁边听着，电话那边的口气甚至没有因此而变得客气哪怕一丁点，仍旧不依不饶着。

母亲普通话不利索，努力地想跟在家乡一样，和和气气打交道，但几番张开口都被粗暴地打断。我就眼看着她从信心满满到受挫后像个手足无措的孩子一样，只能听着那头机关枪似的叨叨，脸憋得通红。那一刻真的心疼不已。

这是她非常不熟悉的交流方式。父母都是有公职的知识分子，工作也好，为人也好，在家乡都是受人尊敬的，可这些东西，来到上海之后统统清空归零。在偌大的上海，我们只是三个不值得信赖的异乡人。

我气急了。满脑子都是觉得自己连累他们了，最大剂量的愧疚、心酸，甚至愤怒，充斥着整个身体。那一刻我无比厌恶这里的一切。

原先我还会热情地跟住在楼下的房东的公公婆婆打招呼，在商场帮年迈的两位老人找到要买的东西，还要给他们送特产，但现在看来，所谓伸手不打笑脸人的规则，在上海压根儿行不通。也许公事公办，井水不犯河水就是对待陌生人最大的善意了。

这位女房东，说起来还是受过高等教育的公务员，根本不是蛮不讲理撒泼骂街的那种难缠小市民，按理说应该是通情达理的一拨儿人。可事实恰恰相反，在这儿，越拎得清的人越不会轻易示好。上海，大概是中国最不好讲人情冷暖的城市了。

我也是后来才从一个本地朋友口中了解到，其实上海人连跟有血缘关系的叔伯姑侄都疏离到了最大程度，就算你在杨浦区我在虹口区，过年过节都不见得会相互串门。更何况毫无瓜葛的陌生人呢？

讲人情太浪费精力了，不如都摊开放在桌面上，让冷冰冰的契约来替血肉之躯开口。

所以，怪不得别人。期望越多失望越大，在很长的时间里我只能不停归咎于自己，告诉自己：不是谁不好，是你对这个世界，对这座城市抱的期待太多了。

那件事过去很久之后，我依然忌惮所有需要跟房东联系的情况，能免则免。那种狠狠戳伤自尊的场景，回忆一次是一次的伤害。但我与房东之间的"明争暗斗"并没有因此而停止。

不能养宠物，下雨不准开窗，这些也都罢了，在家还不许穿拖鞋，冬天也不行，说是会损伤地板；也严禁我们换锁，不管前租客是不是半夜来砰砰砰敲门了，说锁是日本进口的，已经绝版了；浴室稍稍有点儿堵塞，她能吓得连打几个电话要我马上翘班赶回家处理。

"楼下阿姨都找到我了，我很担心现在是什么情况"，她语气又急语速又快，好像天要塌下来了。可等我急匆匆赶回家，跑到楼下老夫妻那里一检查，呵，大概半小时能渗下来一滴水，找师傅通通地漏十分钟就好了。

这桩桩件件的，在那一年里，真能叫人气背过去。

我没想过事情竟然会有转变，那是从那年国庆假期后开始的。我一个人去台湾玩了一圈，回来之后室友跟我说，房东看到我的朋友圈了，想问问我去台湾个人游需要准备些什么。

室友翻出聊天记录，我看到她发来的消息，语气是小心的，却又是期待的。

嘿，你懂那种感觉吗？说我那一秒的心情跟小人得志似的也不过分：活久见啊！终于有一天，你肯承认不是所有的事情都只有你最门儿清了，有一天你也会发现，最好还是存一丝情意，与人方便，也是给自己留路。

我没忍住嘴角的笑意，拿起自己的手机，从联系人列表里拖出那个许久不用的对话框，仔仔细细地打了一段话："姐，听说你想了解台湾个人游的事情对吗？有这样几个东西需要提前准备……"

整段信息用的语气词都是"哦""呢",末了,再加上一个眯眯眼脸红微笑的小表情。事实上敲下这段话时,我怀着一种悲悯的心情,像是窥见了一个不可一世的巨人藏在脚底板上的弱点。握住这个点,我总算可以翻转局势,掌控局势了。

果然,不多时,她开心地回说"谢谢",像一个恍然大悟的乖巧的小女生。若说这件事对于我们之间的关系有什么意义,最重要的一点就是让我再也不会害怕她了。

我们不再妖魔化彼此,不再把彼此当作永远无法理解的相异物种。我也终于开始心平气和地重新审视她,并逐渐意识到,这个难搞的上海女房东,其实也就是个最普通的中年女人而已。

她也有小虚荣、小傲娇、小确幸;她也要焦虑工作,周旋婆媳,担心儿女;她更有年近四十的女人普遍存在的知识和观念上的局限。她正是因为存有人情,珍惜自己住过的房子,所以才这么龟毛。除了上海独特的风格给予她的痕迹,事实上,她和我所熟悉的人,本质上并没有那么大的差异。

一年后我要离开上海回家备考,退房前,我花了一整天时间把家里的一切都收拾得干干净净,大包小包的垃圾统统丢掉。我当然知道这是她所喜欢的行为,虽然这根本就是我本来的行事风格。

第二天一大清早,我起床化好妆掐着点等她到来。

那天外面下着小雨，我赤脚穿过每间空荡荡的屋子，环视一圈后打开了窗户，在阳台的凳子上坐下，透过窗看黄浦江上腾起的蒙蒙雾气，青绿色的梧桐树氤氲在白纱之中。斜雨飘了进来，我关上窗子，用纸巾擦干地板。在这儿住了一年，经历过这么些波折，如今要走，竟有些不舍。

听到敲门声，我的心瞬间"砰砰"跳了起来，门打开，我面带恰到好处的微笑，自然地打着招呼。

我只是想要用一个很体面的方式和这个曾经痛恨的女人告别罢了。即便不能和平地开始，最好还是和平地结束，让这个不卑不亢的，理智平和的模样，在她心里，取代那个撕破脸面的、哭哭啼啼的弱小形象。这或许也是我这一年的成长。

我看到她验收房子时的眼神是肯定的，她语气亲切，不时点着头，提出的一切可能有的问题我都已经处理妥帖，甚至是她所没有考虑到的也都已周到。我们和气地把余下的事情商定，意外地没有一丁点纠葛。

"你来加一下最后一笔水电煤的账单，看我算的对吗。"
"好的，"我在她的笔迹旁边又演算一遍，放下笔，"是对的。"我利落地转好最后一笔水电煤费给她。

"再会。"我笑道。

"再会。"她亦笑着回。

这是一个很上海式的"再见"了，也是一个属于我的再见。门再次关上，我轻舒了一口气，感觉无比轻松。

那一天，我终于站直了身子，像个成年人一样与我的上海女房东交流，跟过去的狼狈和解，跟成长的阵痛和解，跟融入异乡的漫长而痛苦的历程和解。

我也终于学会理解，我们只是恰巧生长于不同的社会环境罢了，有着不一样的思维模式，却又恰巧一样是对细节有着极强控制欲的人，所以才会碰撞出灼人的四溅的火星子。

就像刚搬进去那天，她告诉我说，你看，衣服可以这样叠好用真空袋抽气然后存放，小姑娘要学着点。要是她知道我很早就会这一招了，可能就只会是遇到同类一般的雀跃了吧。

这座城市太大太大，我们往往在还来不及彻彻底底地了解对方时，就开始有了各种各样的交集，除了选择坚持自己的原则，最大程度保证自己不要受到明枪暗箭的伤害，还能奢求什么多余的恩赐呢？

虽然直到到现在，我也依然在为这么一大片土地上日渐淡薄的人情而感到悲哀，但这终究只是无可奈何的事。▶|

○ ‖ ⑩

路
人
甲

"嘿，我演得怎么样？"谢完幕，我跑向观众席，边揉着表演时跪痛的膝盖边问远道而来的好友。

"不好意思啊，我没太看见……"她专门被邀来看我的话剧首秀，结果全程几乎没有在看我。"这可不能怪我，台上的焦点一直就不在你那儿！"她大笑着为自己开脱，我气得半死，却也只能笑着承认这倒是事实。

舞台上可不就是谁说话瞅谁呗，自己演了一个除了群戏没有台词的路人甲，又怎么能强求观众能去关注舞台最角落的灯光边缘区呢？

但这残忍的事实丝毫不影响我当时持续炸裂的兴奋感和成就感，我和好搭档路人乙击掌庆贺，笑呵呵地跟大家一起合影留念，蹲在边边角角上露出整齐的八颗牙，很难得地没有因为不被关注而感到失落。

在此之前我们看过太多八卦，听过当红演员们讲原先做小配角跑龙套的心酸故事，还以为这些人在矫情，做配角难道不是很正常的事情吗？但即便再懂得"只有小演员没有小角色"这种道理，也是落到自己身上的时候才发现，有时候你会拉不下脸面：每次排练时都站在一边好像陪排一样，每天自己的戏都可以不一样，哪里缺位随时补上，整出戏下来导演都记不清你的名字，角色名更是没有的。

这种处境，你不见得会甘心。尤其在同戏的人大都不比你专业多少的时候，一种"要不要假装无所谓一点儿比较好下台"的想法会久久萦绕。

好些人确实没把它当回很正式的事儿，选上角色又退出的，排演迟到早退的，快演出了台词还不熟练的，都算是常态。搞得美国来的导演A天天过了排练开始的点儿好久还杵在门口，看着教室里稀稀拉拉几个演员一脸疑惑，发出"Why are those people not here? Where are they? When will they come？（为什么那些人不在这里呢？他们去哪里了？他们什么时候会来？）"的三连问。自此她大概会以为中国人过的也是印度时间。

这的确只是个预算不到千元的小成本业余演出，剧本是哥伦比亚大学交换生G写的，而请来帮忙的导演A就是编剧G的妻子。G这个喜欢哈哈大笑的山姆大叔，总是挺着发福的肚子大步走路，瞪亮眼睛认真听你说话。他在美国时应他人所邀写了自己亲身经历过的美国大兵生活，按照他的说法，屎屁尿加上肮脏的人性，就构成了这部极"脏"的戏。

所以剧本本身又算是第二重挑战了，平常都还算体面文明的学生们这会儿要整日出口成脏、讲黄色笑话，有时还要配合下流动作，这便又淘汰掉了一些坚持原则突破不了艺术底线的人。

"Don't judge your character（不要评判你的角色）."那天导演A举手打断了大家的表演，一反常态，面带严肃地说。她接着讲，我知道你们当中很多人将来是要做编剧的，这是很重要的一条原则，别随便评判你笔下的角色。

我坐在角落里点点头。演"她"，揣摩"她"，不要道德审判"她"，更不要因此而排斥"她"，我得记住这个。只因我和搭档的角色，按照G叔那天拍脑子的即兴安排，就是军队里的瘾君子，是没有大麻于是只能沉迷于嗅记号笔的特殊气味，像狗一样被其他士兵耍弄的俩人。G叔开始这样描述时，我清晰地听见胸腔里的破碎声和颅内的一万个拒绝：就算演不了主角，至少让我这个角色有点尊严啊喂！

更何况那会儿我还仍然对选角的事耿耿于怀。

选角面试那天，导演叫一圈人挨个儿上去试演主角卡帕尔少校的独白。教室里没有空调，又有点儿紧张，人不禁缩在衣服底下瑟瑟发抖。但说实在的，我自觉表现还不错，至少在用脑子表演——如果那可以勉强称之为表演的话。我还给自己设计了几个细腻的小动作，比如扫视一圈以增加少校的威严，再加上称得上标准的普通话，抑扬顿挫的语调，心里估摸怎么着也能拿下一个有台词的角色吧？

A的确叫我又试了一轮，第二天晚上围读剧本时我满怀着期待地听她宣布结果，可谁知我竟连配角的backup（替补）都不是。

其实A和G都听不懂中文，他们根本不知道这些人的台词说得到底好不好，但慢慢地，才意外发觉他们其实选得还挺准。而我也不得不渐渐承认，自己的确是很路人，无论是长相还是声音，属于丢在人海就找不到，在KTV里会被伴奏淹没的那种。

就像从前有朋友给我写东西，说在她心中，我是那种"二等有趣的人"，相对很多无趣的人来说我在自己的世界里已经很有趣了。可我一看到就会想，为什么是"二等"不是"一等"？对，我一向欲求不满。

接下来得到有台词的角色的人开始对台词，我和其他落选的人就干坐在旁边，当时只觉脸上一阵火烧火燎，恨不得立刻化成烟消失在这些人的眼皮子底下。要换作从前脸皮薄如蝉翼的自己，可能第二天就找个借口再也不出现了。

但这次我没有。围读剧本结束后，人都走了，我忍不住悄悄问A："我们没有台词的人，在台上应该做些什么呢？"

"这是一个动作戏，每个人都有事情做，都是其中很重要的一员。"A拍拍我，回答得四平八稳，但接着她又补了一句，"其实，我想让你也准备一下这个角色。"她指了指剧本上一个有几句台词的角色名。只有后面这句话叫我内心一阵激动，我猛点头，旋即转身回家去准备了。

然而后来排练次数多了，才发现A和G给我的总是一些虚假希望：哪个演员没来的时候，他们就说，你试试这个角色吧，她们要是再不来你就真的顶上。结果等我晚上回家把这个角色的台词全都背下来了，动作也记熟了，第二天人演员自己就到了。大家都跟没事儿人似的继续排下去，只有我咬牙切齿地盯着那些人时不时忘词的模样，气他们简直是"被偏爱的都有恃无恐"。

说不沮丧肯定是假的，罢了罢了，命中注定这出戏里我就是个铁板钉钉的路人甲，起哄的时候跟着起哄，主角表演时投以一个关注的眼神。随他去吧。

但沮丧并没有持续多久，这次我仿佛跟自己较上劲儿了。我破天荒地从不迟到，认真听导演和编剧讲戏，主动去帮几个外国友人顺台词，还接连旷掉了好几节喜爱的舞蹈课。

A常常不记得头一天给我们这几个群演安排的细节动作，因为不甚紧要，她给了我们极大的自由，也恰恰因为这自由，我们发挥想象力的空间也前所未有的大。终于，路人甲小姐和她的路人乙搭档决定自己吃透这两个无足轻重的角色，开始了给自己无限加戏的旅程。

"你们痴迷于嗅记号笔，任何时候都在嗅。恩罗（女主角）是唯一会可怜你们给你们一支记号笔的人，其他士兵都只会像逗小狗一样逗你们，把没水儿了的笔丢来丢去，但你们像乞丐一样，还是会去拼命抢，而他们又会拼命赶你们走。"

丢下这样模糊的梗概，A和G就走向其他人了。我和搭档消化了一下这段把我们从普通士兵又贬低为食物链最底层人的话，相视一叹。
"不，我们不是最底层。"我挣扎着，"其他士兵看不起我们，事实上我们也看不起他们。我们搞了自己的小团体，事实上在这里，每个人都有自己的小团体。"

"对，而且咱们也不能一直嗅笔。剧本说大家被封锁了感到百无聊赖，抢来笔之后，我们可以掰手腕来分赃。"路人乙小姐也来了兴致。

"是！对了，这是一出喜剧，咱们得弄出一点儿效果来，咱们抢笔的时候，总是其中一个人抢到，另一个人老也抢不到，但这俩人关系好，所以决定掰手腕。可是没抢到笔的人，把自己原来的也全都输了。"
"于是另一个人决定白给那个人几支，但刚开始给她的也都是没水儿的！捉弄她！"
……

说真的，这一刻我不由得联想到了《喜剧之王》里的星爷，想到他演的角色死掉了他还在地上打滚给自己加戏的画面，差点儿笑出眼泪。我们也是多么乐观的两个人呐，硬是一点点给两个路人角色抠出丰富的细节，深挖她们不为人知也不被在意的内心世界，制造了一条异常完整的故事线并演下来，尽管仍然是面瘫地做不好表情管理的业余演员。如果有什么"最敬业但演技还是很糟糕"的业余演员奖，可以考虑颁给我俩。

演出前一天，整出戏在剧场走一遍的时候，我们这些在手指间夹满了记号笔、吸嗨了晕倒在对方身上、被画满了猫脸等稀奇古怪的细节动作，终于吸引到了导演A的注目，她在观众席上竖起大拇指，笑着拍G的肩膀指着我们给他看。

"我很喜欢你们这些动作。"结束后她走过来，满脸笑意地说。
到正式演出那天，上台之前我们在后台就已经嗨得不行，有这么一大群人陪着，就算是第一次表演也会放松很多。还好演出一切都很顺利，所有设计好的动作全都展示出来了。其实也直到这次正式演出，我才真正进入了情境，以至于少校凶巴巴地惩罚中士的时候，眼泪都在眼眶里打转，搞得第二人格都跳出来在半空中连连发出惊叹了。

落幕后灯再亮起，要进行像从前在剧场看见的那种谢幕礼，只是如今我成了站在台上伸出手臂致谢工作人员和左右观众的一员，灯光，掌声，那种仪式带来的崇高感，可以说是非常棒了。

演戏这件事啊，像我这种总会自己上演内心小剧场的人，其实早就蠢蠢欲动多年了。小时候热衷于和邻居小孩们过家家，会躲在被子里装哭招爸爸过来关心，高中宿舍里每到晚上就开始翻演狗血电视剧，大学没勇气参加美女如云的话剧社，反而到了上戏这种仙女成群的地方，也不知怎么就突然冒出一股孤勇非要尝试一回了。

而直到结束的这一刻，我总算意识到自己其实完全不介意是不是能被看到，或者被摄影师拍到——他们通常只会拍主角的剧照。也完全不再去想是"二等有趣"还是"一等有趣"这种事情。也许二等有趣是愉悦了自己，一等有趣是愉悦了他人。可若路人甲此生的天才仅止于此，那么能无限充实自己，难道不算是尽了她所能，对台上这一出好戏做了莫大贡献？

小人物的幽暗昏惑与豁然开朗全归了她自己，就像花园里一朵玫瑰自己就开得很快乐，说真的，它也没那么在意究竟是不是人类眼里最大最红最芳香袭人的那朵。▶|

○ ‖ ▶

让你好奇的人　等一个

有时候我走在长长的一条街上，坐在嘈杂的餐厅里，或者跟随着人潮涌入地铁，思绪会自己飘走，会漫无目的地思索着，在这熙熙攘攘的芸芸众生里，擦肩而过那么多人，会是哪一个，他今生的所有故事，最后统统都属于我。

又会是什么样的人，在目光交接的那一刻就叫人主动想要了解他的过去，心甘情愿地将自己的宝贵现在，铺陈在他似水的从前上。

挺难的，毕竟现在连朋友都懒得再交一个全新的了，交到了，也不过是走马观花酒肉相聚而已，过不多时就各自散去。哪怕是同住一个屋檐下的室友，也都倦于答你一句"今天过得怎么样"。

好像彼此不相干的游魂，各自飘荡在城市街头，套上一具面无表情的皮肉，贴上各种标签以方便他人区分辨认，前尘往事都一股脑揣在自己心里，裹紧了衣襟，只捉紧手机，低头直走不顾。

迎面而来的是谁，从哪里来，到哪里去，关我何事。

不知道你还记不记得，几年前有过一个手机应用很是流行，叫作"秘密"。

那年我十九岁，在一家有名的影视公司里实习，这应用已经在同事间传遍了，一时间徒增了好多话题。甚至于每到十二点，公司内部餐厅的饭桌旁都是三五成群。在各色外卖的气味混杂成的一团油腻空气里，人们大嚼特嚼着饭菜，大聊特聊着"秘密"上的各种秘密。

彼时我抱着想了解多一点儿部门里某男生的小心思，打着哈哈凑过去竖起耳朵，岂料听到最多的，永远都是公司里最位高权重的那几位的多半已经人尽皆知的事儿。这也叫秘密？我撇撇嘴。

尚且天真的我还没想明白，成人世界里所谓的"秘密"，要么是舆论中心点的风暴，要么是基于它的所有者和关联者，是你心头的朱砂痣。就像，后来我已经不再在意那个男生，便是共识者揣着一大堆他的轶事要跟我分享，我也没办法勉强自己静坐哪怕一杯酒的时间去耐心倾听。

那些不再好奇的事，源于已经不在乎的人。这些年网红物事换了一拨又一拨，一如当初那个曾让你好奇的对象，其实也早已暗自轮换多番。

连自己都没发觉，不知道从什么时候已经慢慢学会了不再四处打听，不再轻易诉说，所谓的"秘密"也早就成了甚至最亲密的关系里都不会提及的事。

明明年少的时候，互相倾诉仿佛就是生活不可缺少的一部分。

虽然十几岁孩子的秘密，几乎全是稚嫩的友情和暧昧的小八卦，但这也是自己的宝藏，要好的人好到耳鬓厮磨，定是永远第一时间知晓彼此全部心思的。

我们高中那会儿流行写交换日记，这是一种两个人合写的日记，情侣抑或闺密一起去文具店精挑细选一个日记本，上午的语文课我写好了，下午的历史课交给你。倘若两个人在不同班级，多半是午饭时间拿着本子屁颠儿地送过去。

当两个人有了一本共同的交换日记，你未干的墨水印在我的字迹上，你新鲜的秘密交错在我的心事里，就跟攥着一颗永流传的钻石似的，在彼此心里许下了最牢固最特别的情谊——我是这样了解你，就像你了解我的所有。

虽然事实上，没几本日记是真正只属于两个人的。好比我们班有对情侣的交换日记本，几乎在全班传了个遍，当事人也并不生气，倒是常常一面让别人看，一面还不依不饶地要听读后感。似乎在没有朋友圈的年代，那是用一种最迂回隐秘的方式，秀给所有旁观者的恩爱。

那种一边羡慕嫉妒一边克制不住好奇的复杂心情，比趴桌子底下追着看明知每到结局必悲剧的青春小说还要难以言说。当知晓了每个少男少女背后的犄角旮旯的故事，好像连看世界都多了几个维度。

后来，人长大了，终于开始有了一些正儿八经的秘密，却发现从前那些愿意听的人走散得七七八八，早已没剩下几个。

一旦过了十字打头的年纪，很快就从芝麻大点的事儿都揣不住，到任由一大堆无人知道的秘密烂在肚子里；从永远拥有若干个无话不谈的闺密，到甚至最亲密的朋友也不知道你真正在想什么。

偶尔若是心事多得要从眼耳口鼻里溢出来了，你病急乱投医，抓住不那么相熟的人，在不那么合适的场所，喝了几杯酒，就拎出了所有心里话。从昨天发生还新鲜热乎的，到十几年前隐隐散布着霉味儿的，你全一股脑倒了出来，还带着一脸明媚的忧伤，不慎抹下了一手的口红眼影睫毛膏，说："这些我可从来没跟别人说过，你不知道吧？这才是真正的我！"

他或她一时愕然，不知道该说什么好，抬起手勉强拍拍你的背，像椅子上长满了刺似的坐立不安，一面安慰一面往后撤了撤，生怕你一扯脖子全吐他们身上，还盘算着待会儿要是先走，是该说男女朋友在家等着呢，还是公司来电话叫加班了。

你以为从此你们就成了知心好友，他会帮你守护好那些故事，默默珍惜那个真实的你。但更多时候，人们只是做了一个钟点的朋友，零点钟声敲响，灰姑娘的南瓜马车就失去了璀璨。那个所谓真正的你，并非在所有人生命里都像对于你自己那样弥足珍贵。

试过几次没有后话的促膝长谈之后，你开始发现神秘感和距离感是多么珍贵和必要的东西。也终于明白活了这些年了，每个人的故事都多得跟山似的，哪有几个人愿意再卷起裤头从每一座山脚下爬起。
承认吧，就算是你自己，也并不会再愿意头脑一发热就冲动地去费力攀登另一座山，远距离地瞧一眼那林海波涛汹涌就够了。

偶尔出现一个愿意从头爬起的人，就真的是上天恩赐。
多数时候，你也只能摇摇头告诉自己说：夜深了就早点睡吧，不要一个人想太多，又把满腹的心事，讲给并不在意的人听见了。却又满怀着期待，想着也许明天，那个愿意了解你的人就会到来。
后来的后来，"能说心里话"似乎都不再足以成为判断亲疏的标准。

我遇到过一个女孩，初识的时候她的眼睛里都是真诚，你不说，她还要逼着你竹筒倒豆子。她那么迫切地想疏通你心里的堰塞湖，并不害怕决堤的洪水会淹没她，叫我以为自己遇见了外星人。

可惜的是，后来才发现，好多热忱只是陌生人的礼物。《老友记》里罗斯各种失意，醉酒后遇到珍妮斯，她竟然比朋友们都更加愿意倾听他的所有不愉快，让他感动到涕泪交流，以为碰上对的人。可才不过几天，所谓最好的聆听者就已经厌烦了不停诉说的人，被所有人嫌弃的珍妮斯，居然忍无可忍先甩了罗斯。

只爱陌生人不是吗，只有陌生的风景才叫你愿意破例给予最大限度的耐心。时间有限，基于自己的角度去讲述自己的故事，基于自己的需要才了解他人的故事，要一个拥抱的时候就只给一个拥抱，别那么多废话，好像并没什么不对。

当你没有那么想要了解我的所有，你也最好保护好你的神秘光环不要碎。聊聊今天的阳光，昨晚的咖啡，明日的旅行；听听吧台的吉他，窗外的流水，碰撞的杯酒，就已经足够。而秘密，留在自己的花园里就好。

到最后，唯一的原则只是，无怪其他，但若是想要成为留在我身边的这一个，就定要把心完全交给我。无论朋友还是爱人。

那些从前能牵动着你的一颦一笑，让你伤心不已的人，或许在某天突然就再也不能让你感到好奇。打那天起你就知道你放下了，也知道他不是对的人。那些从来就没有走近过你的山丘的人，也不必放在心里，过路人总算是互不亏欠的。而会让你愿意从山脚的小石子开始认识的人，或迟或早，一定会出现。

那一天，不必你先开口，他也会微笑着问起所有关于你的鸡毛蒜皮和细枝末节，那些所谓的秘密。▶|

○　‖　⏯

二十岁的
顽固派

好奇怪，当一个人尝试去跟另一个人交流的时候，语言本该是最有力的工具，却常常被证明是最适得其反的那个。

就像影片《降临》里的科学家们要跟那"五肢桶"交流，就得去学外星人的语言，可刚刚能沟通几句时，突然又因为对"武器"这个关键词的误解终止了一切努力，甚至险些引发一场星际大战。若不是女主角习得了那超越三维空间的思维方式，人类可就毁在这一个词儿上了。

话不投机半句多的情况，如今也是越来越常见了。跟朋友吃个饭聊个天，对话基本上就是："我觉得……""我认为……""你听我说……""你先听我说……""不不不，不是这样的……"最后再以"算了算了"的句式不欢而散。

我近来愈发觉得自己有些危险，好像不知不觉已经养成了个动不动就反驳别人的习惯。和朋友正经聊天，常常不等人家把话说完，就先下手为强，"唰"地从签筒里抽出一根"斩立决"果断扔出去，堵住一切下文。等回头揣摩出了对方真实的用意，并暗暗认为其实也不无道理时，却已然给人留下了个冥顽的糟糕印象。

事实上，当我意识到自己如此的时候，多数时候也是因为受到了别人在言语上的殊死抵抗。这种修堤筑垒般严防死打的反交流心态，像是成了现代人的通病。

你听那多如牛毛的自媒体成天发表见解，一个爆炸性的议题就能引起一场歇斯底里的狂欢，人人都在开口说话，不停地说，一边发表意见，一边又在自己面前筑起铜墙铁壁。那些所谓的思想不过是在无数道墙壁上反弹来反弹去，最后变成小美人鱼的泡沫消失在第二天的晨曦之中罢了。更有甚者，能打着独立思考的旗号，对所有持不同意见的关注者极尽羞辱，最后统统拉黑，拍拍手继续高兴地活在只有拥趸的世界里。

这不免叫我想起家乡话里一个男女老少都会使用的形容词，音近"轻狂"二字，"狂"字读成"哐"，乍一听极有画面感，活像是一个人把自己关在狭窄的屋子里披头散发手舞足蹈，把物什都撞倒摔碎，到处都弄得乌七八糟。

这词常被长辈们用在十几岁小孩儿身上，讲他们狂妄自大，举止轻浮。但老实说，它的适用范围，可远远不止是孩子。

有些人打小就是个固执性格，但大部分人确是随着年龄的增长越来越冥顽的。我时常暗搓搓地留心听着长辈和他们的友人之间的对话，无论酒桌上还是私底下，他们你一言我一语，却都在兀自说着自己的故事，像是根本听不见对方的声音，就算听见了，多半也是不过脑子地就说："错错错！你错了！"

仿佛在他们的世界里，认真去听别人的废话是愚蠢的，也许是因为多数时候，大家噼里啪啦说的一大堆都是场面话，并不足以竖起耳朵认真听。

可不幸的是，那些我们小时候看到的梗着脖子面红耳赤地跟人争个长短的大人们，如今正在慢慢变成我们自己。

我从前选修过一门社会学类的课程，一学期主要是通读《论美国的民主》这套西学经典，那圆润如郑渊洁的老师严苛非常，三天两头就要搞个分小组讨论，主题多在书里头筛选。

大部分记忆都随着期末考的结束而逐渐模糊，唯独深记得某一次主题为"女权"的讨论会上，那个男生随手把自己的发言稿甩在面前的圆桌上，啪的一声，然后顺势仰靠椅背，不耐烦道："我个人觉得没有什么讨论的必要了，现在哪里还有什么女权问题？早就是妇女大半边天了。"

他的表情格外笃定，不像是在故意睁眼说瞎话。当时围坐诸人的惊讶可想而知，暗暗揣测莫非这座城市里的女人都已经拥有了这样至高的地位，竟叫生长于此的孩子能有这样坚定的认知。

但他那话终究是罔顾事实的。当场就有人反驳，我也列举了自己所见的一些情况，还搜出当时闹得沸沸扬扬的溺死女婴新闻，试图告诉他，现实就是仍然有很多女性生活在水深火热之中。但此君依旧一脸不屑地辩道，那只是少数情况。

空气迟滞，对话开始变得困难起来，就像你永远无法叫醒一个装睡的人一样，你也永远无法和一个打定主意要闭目塞听的人沟通。
最后时间用尽，谁也没有能说服对方，这场探讨会演变成了无组织辩论会，越辩越浑，最后在助教的和稀泥之下潦草结束。走出门的那一刻，大抵每个人心中都郁结着一股憋屈的闷气。

让二十几岁的人承认他自己不对，可能比行蜀道和上青天都还稍稍难上一点儿。
年纪尚小的时候，叫你认个错道个歉，想硬气一点儿噙着眼泪也要倔强地别过脸，多半就是挨巴掌的结果，学乖了之后觉得认了就认了，好像也没什么大不了，不会损失多了不得的东西。

再大些就不一样了，不肯轻易低头，在某种程度上就是不肯轻易放弃自身辛苦得来的诸多加持。经历多了，很多经验道理不再是教科书上和大人嘴里的二三手货品，而是自己的一手买卖，"你懂什么呀"的虚妄开始像原上野草一样肆意生长，无论如何都要较着劲证明自己才是正确的那一个。

二十几岁的人，又将将在家庭和社会里争取来了多少算是一席之地的位置，再不想被打回没有丝毫话语权只能一边玩儿去的孩提时代了，用言语时不时刷新一下存在感，这是正常冲动。

于是一次又一次的聊天交流，成了一个又一个只有输赢没有改良的辩论场，从只言片语里寻些瑕疵出来，就铆着劲要驳倒对方，一旦发觉到自己其实并不占理了，上升到人身攻击也是有的。

知识丰富到唾手可得的今天，我们却丧失了交流的能力，甚至为此丧失了交流的冲动，困在自己日益注浆加固的三观里，宁肯自说自话也不愿再尝试新鲜，更没有任何的革新和进步。

人们开始乐于给自己加戏，塑造一个个刀枪不入的高冷人设，把异见者都看作一群"看不惯我又干不掉我"的人。这简直是个强盗逻辑，活活把自己当成了千秋万代唯一真理。
然后在某一天，哗，恭喜恭喜，你活成了这世界上又一个貌似权威实则无趣的"老顽固"。

可明明再牛掰的人，终其一生也未必能懂得这万般世事的千分之一，苏格拉底看着那些略有成就便轻狂一世的人，只说一句，"我只知道自己一无所知"。

在这个浩瀚宇宙中，谁又不是几近一无所知？却又都故作轻狂。

从前看过龙应台的一本书，叫《亲爱的安德烈》，汇集了她和混血儿子安德烈坚持了三年的书信来往。写下第一封邮件时，安德烈十八岁，已经出落得棱角分明，整个人看上去独立而疏离。

当妈妈的龙应台说，我要认识这个十八岁的人。

于是他们开始写信，三十多封信涉及了很多议题，情感啊社会啊生老病死啊，在这三年里，母子二人发现了太多对方灵魂里的新大陆。别说这是一对隔着代际文化和东西文化的两道巨大鸿沟的母子了，就是我们与同龄人，也未必能做到这样各抒己见，并极力尝试理解对方的思维和文化。

龙应台说，如果没有这三年，母子二人不会不相爱，但一定不相知。

那些读者也对他们二人说谢谢，说如果不是这些文章，父亲和儿子，母亲和女儿会永远形同陌路，因为根本不知道如何跟对方说话。

如果不是抱着这样一个认识彼此的心态，或许谁也不会发现自己强加在对方身上的误会，也不会有更接近真理的反省和认知。

我高中时候看完这本书，如今再信手翻阅，竟又激起了一股羞愧之情。书中观点姑且不论，就说和十几岁相比，我的知识未见得增长多少，姿态上倒是愈发不可一世了。

谦虚是个好德行，人人都该有上那么一点儿，若开口就堵住了另一个人的嘴，也就堵住了通往他心里的路。更何况，这世上诸事，多半没有什么黑白分明的对错，有些事情等过去了多年，你才突然醒悟，原来当初他也是言之有理的。

后来我不断地怂恿身边人，我爸妈、室友、朋友、兄弟姐妹，我说："要不咱们聊一下吧？"然后挑个合适的时间地点，举起酒杯，或者坐在地板上，像孩子那样地聊一圈儿。一通促膝长谈之后才知道，原来很多心结，真的是误会中的误会，如此这般，矛盾也就自然而然化解了。

放下戒备去开诚布公，的确需要点儿勇气，可一旦开始，定能尝到点儿甜头。往后我必须得时时掐着胳膊提醒着自己，下一次开口之前，不如先闭上嘴巴认真听一听，听听他想说的究竟是什么。▶|

Chapter 3

请叫我常怀热情，
叫我永远有一颗未婚妻的心，
不至于被即停即走的过路人，
耗尽了期待。

在爱里坚持，跟过往告别

○ ‖ ◉

此生短暂，
愿你无憾

听广志哥说，他在西藏跟人合伙开了一家店，那人刺青，他卖酒。当初挂在墙上的我们几十个人的梦想卡片里，他的正是"开一家小酒馆当老板"，如今这么看起来，算是实现一半了。

我开玩笑说从现在开始要每天攒10块钱，明年此时就可以跑去西藏找他喝酒了，然后像从前年会上他对我做的那样，装作喝醉，把臭脚丫子也伸到他鼻子边上去熏一遭。

说着这些话的时候，距他骑个小破车从人民广场出发去尼泊尔，距大伙最后一次聚餐通宵到清晨六点，距我们的小创业团队分崩离析散落天涯，原来都已经快两年了。

我还记得我俩最后一次坐在能尽览陆家嘴的那个露台上的夜晚，他弹着蹩脚的尤克里里，我唱着蹩脚的歌。将近深夜一点，天很冷，刚下过雨，到处都是湿漉漉的，南浦大桥淹没在雾里，陆家嘴的灯火大多都灭了，没有璀璨霓虹的深夜上海就像一片荒芜的未来之城，摩天大楼黑影幢幢，冰冷可怖，就像吞噬了所有生的痕迹。

但那种渺小和无力感，倒叫人清醒。

想当初刚搬进新办公室，第一眼透过窗户看见这景色的时候，CEO笑着说："背靠黄浦江比邻陆家嘴，你瞧，这感觉像不像我们已经成功了？"真的很像。可我们到底是失败了。

我是在那之前辞的职，为了考研。那之后才慢慢有人告诉我，公司快不行了。这个梦想社交网站和后来衍生出的APP，倾尽多少人的时间和心血，被多少人喜欢又被多少人看轻，挣扎了近三年，从此就没有人再去打理了，带着它的域名和代码，静静地待在互联网的深处，结上了一层层蜘蛛网。

于是从东南亚旅行回来的当晚，我不得不告诉每晚守着公众号的近十万人，明天我们将不会再有推送，至少不会再有"十姑娘"的推送了。那是我给自己起的昵称，很多陌生人便这样称呼我，这感觉像是做了一整年的"另一个人"。

狠狠心撒手转身的时候，看到那么多认识不认识的人发消息来，惊诧，挽留，想到我还有很多选题一直想写而未写，很多KPI定好了还没来得及做到，于是在某些时刻，会有不知道自己的决定是对还是错的恍惚。

热搜，涨粉，10W＋，转载……曾经嘚瑟地发进朋友圈里的一切，从此不会再出现在我的生活里了。这并不容易，清空成绩，把费尽心思所得到的一股脑抛弃，跟那些已然建立固定联系的人告别，踏上未知的前路重新出发，没想象中的那么轻而易举。

就跟毕业时选择加入这家创业公司一样，其实都是一次全新的冒险。就不是一个安于现状的人呢。在最后那篇推送文章里，我也最后一次跟手机屏幕另一边的粉丝们说上那句："此生短暂，愿你无憾。"

此生短暂，我们努力过了，遗憾不可能没有，但后悔是真的一点儿也无。就算是做了创业大潮的炮灰，这段经历所带给我们的也早已远超想象。

创业最如火如荼的几年里，到处都在流传一句话："站在风口上，是猪也会飞。"你所能见到的一切都在鼓吹创业的可能性，年轻的人和有点儿年纪的人，但凡有点儿想法都在行动，放了满满一天空的五彩气球，叫人眼花缭乱。

到如今，过了头的热潮已经退散得差不多了，很多以为自己能成为下一个马云或者乔布斯的人都回到了原地，回到了朝九晚五。狂热不再，取而代之的是谨慎和理智。这时候再想起当年的我们，真是恍如隔世。

我忍不住点开一个前同事的聊天窗口，说，再给我讲讲最开始的故事吧。他发来一个淘宝收货地址截图，里面长长的一串地址，是那几年里团队像吉卜赛人一样安营扎寨过的每一个地方。看到那些熟悉的街道小区的名字时，眼泪都快要出来。

"从哪里讲起啊，这么长。"他说，"自我感动是坏习惯，不喝酒的时候，我不希望想起以前那些事。"

我明白他的意思。可我很想告诉他，这从来不是一段让人每一次想起来都感觉苦大仇深的经历，它那么鲜活，它真正地丰富过我们的人生。我也知道自己写过太多次关于那些日子的文章了，但反复咀摸从来不会让它变得嚼之无味，如果人生经历真的有什么意义，难道不就是让人从每一次的回忆里都能找出点儿不一样的感动和领悟么？像是永远开掘不尽的宝矿。

现在想想，那其实是非常魔幻现实主义的一种生活，从一开始就是。它让我在自己的大学毕业典礼那天过得比任何人都胆战心惊。你能想象吗？在一所著名高校的毕业典礼前夜，有两个创业的小青年在第二天要举行典礼的体育馆外面徘徊了几个小时，他们在等待一个合适的机会偷偷翻进去，在每一个座椅上放上印有二维码的纪念卡片。凌晨三点，程序猿小哥还坐在办公室里设计这个二维码跳转后的页面，而我也还在坐在宾馆房间冰凉的地上，写着那个页面上的所有文字。

父母起初就坐在旁边陪着我工作，他们从家乡赶来，明天就要参加我的毕业典礼，我其实多么想像其他毕业生一样跟他们俩聊聊那时的心情，可直到他们抵挡不住困倦睡下，我都没有得到一个从工作中抽身的机会。我看见他们睡在那儿，妈妈还时不时从梦里惊醒，起身看看我有没有做完。那天我愧疚得想哭—我的确是个很爱哭的人呐。

可我不能哭也不能睡，我必须紧锣密鼓地继续工作。事实上，也是直到那个晚上，我才真正明白选择进入创业公司意味着什么，才不是"新媒体运营经理"这光杆司令般的名号，不是一个月八千块钱的Offer，不是百分之多少的期权。而是未来的日子里，你必须像一匹肌肉发达的最能负重的马，不分昼夜，不辞辛劳，你的马厩不见得能为你遮风避雨，你却一定要很努力才能维持它的存在而不至于坍塌。

当时我的确是怨愤的，甚至开始后悔，可现在再想起来，想起第二天看见几千名跟我一样穿着学士服的毕业生们新奇地拿起他们座位上的卡片，以为是学校的纪念礼物时的模样，他们扫码，转发到朋友圈，甚至和我们半夜贴在门口的大大的海报合影。整个学校上上下下里里外外，从校长到学生到保安，没有一个人发现有什么不对，而唯一知道内情的我那一刻得意非常，体验着一种干了坏事却又乐开了花的心情。

后来作为合伙人之一的雪冬哥偷偷告诉我，那晚他们翻进去之后，他还胆大妄为地套上专属于校长的、在毕业典礼上发言时要穿的红色博士服自拍了一张，后来他经常用那张照片当头像。

多么造次的年轻人！可这就是创业的人，创业者就是一群骑在权威的头上，朝一切安稳开炮的人。选择步入这个大坑，就注定了我不能再拥有一个平平常常的毕业典礼，注定了CEO在自己结婚典礼的前一天晚上都还得待在办公室里，甚至结婚那天早晨，起床后见到的第一个人也是合伙人，聊的都是工作的事情。这才是创业。

那一年我常常觉得辛苦得说不出来，几乎每天都工作到地铁停运，要么半夜打车回到黑漆漆的居民楼，要么直接睡在公司。做活动的时候扛着摄像机跟在学生志愿者队伍屁股后头，三天里跑遍上海苏州嘉兴好几个城市的每个角落，夜里爬上青旅的铺位时，整个人就像块投进河里的石头一样沉进床底。三天后回到公司，门一打开，广志哥看一眼就说："夏露，你怎么又黑又瘦了。"

那一年我发现自己好像没有想象中那么能吃苦，时时盼着有天能有一个完整的周末和一个能在十二点前入睡的夜晚。但也是那一年，我发现人真是可以被逼出潜能的，你不情不愿地被赶出舒适区，却可能成就一些从前不敢想的事情。这个团队逼着我从一个光杆司令变成带了一个"记者团"的小头头，从一个对新媒体所知甚少的门外汉变成能在满满一教室同仁面前讲课的"资深人士"，逼着我从一段失败的恋情里迅速抽离出来，适应一个人成长的日子。

它也和我一起成长，从最开始几个人的团队，最辉煌的时候扩大到二三十人，驻扎在能看见陆家嘴的办公室里，甚至开了北京分基地，上了电视，得到了上海市政府领导的表扬。

2015到2016年的冬天，上海下了雪，那天在复旦光华楼13层，在从星空咖啡厅能俯瞰的那个礼堂，沪上四百多个创业者和一些大佬们顶着凛冽寒风汇集一堂，参加一个创业峰会。没有人会相信，这是个十几人的团队办出来的活动。那天活动结束后，我站在礼堂的中央，望着星空咖啡厅的玻璃穹顶，脸上不自觉浮起笑意。半年前我作为大四学生在这里围观其他院系的毕业红地毯时，哪里想象得到这个光景啊？

虽然那段时间我因为有其他的任务，只参与了那个活动的现场工作，但也一样为团队自豪得不行。一如三个北京的小伙伴来上海面基时自我介绍的样子，他们骄傲地说，有同行听到这个团队还活着时，竟然忍不住连连感叹："真想不到！那群小子真他妈牛逼。"

但我没经历过最初最艰辛的那两年，早期的故事都是从几个"老人"嘴里一点一点抠出来的。常常深夜下了班，我和雪冬哥就蹲在马路牙子边上扯犊子，一聊就是好几个小时，听他说那些热血又狗血的事。

雪冬哥说，公司在2013年4月注册，5月份他们拿着3万块钱作为注册资本去银行开户的时候被银行经理拒之门外，那人指着他们找的中介的鼻子破口大骂："以后别他妈带这种活儿来我们这里！"
他说刚开始找投资的时候，一个熟人介绍的投资人笑脸盈盈地坐在办公室跟他聊得不错，他没忍住心底的激动痛哭流涕，以为遇到了伯乐，以为这次终于能成了。他强压着心底的激动，以为这次能成了。但一转背，那人却在介绍者面前大骂项目和他都是傻逼。

他们借钱，他们和父母吵架，他们利用一切自己可以牵强附会到的资源，他们在不足10平方米没有空调风扇的小阁楼里睡了8个人。那一年他瘦了20公斤。

创业以前他们也不是什么傻白甜，可创业那几年经历的事情让他们彻底明白了生活可以讽刺到什么程度，为了拿到投资他们需要见证这社会里多少肮脏的东西。如果你看过《中国合伙人》，就会知道，创业就是有能力毁了爱情，毁了友情，毁了一切信仰。

那几年，团队里一直都有人进来有人离去，情况急转直下时，我们眼看着一个个战友被开除，昨天还一起在餐厅吃饭聊天的伙伴，今天工位就空空荡荡，直到全部被遣散。一夕之间全都没了，哪能不心痛。

最后吃散伙饭的时候，好多人都喝醉了，几个虎背熊腰的大男人，抱着头哭。那是实习生璐璐第一次喝醉，她哭得泣不成声，断断续续地说，还想着毕业以后能回来看看，谁知道这就没了。后来在KTV里，大家都累了，横七竖八躺在沙发上睡着了，我和另一个还清醒着的同事一首接一首唱着歌，直到天亮。

如果不是那一年，我不会收获那一群朋友。如果不是在创业公司，打哪儿去找这样的一群同事啊？这么有能力，这么有情义，这么有理想。

我在最后一篇推送里写："现在广志已经出发骑行去西藏了吧？一洲穷游中国已经到了洛阳，荟杉拿到了浸会的Offer，茂坤马上就要去浙大读研，高老师也开了自己的工作室……这真的是一群特别优秀的人，他们都还在勇敢地选择，勇敢地往前走着……"

那之后，我也考上了上戏，念了自己喜欢的编剧学，也朝着曾经写在卡片里挂在那面墙上的"当一个良心编剧"努力着。

其实，前些天我又悄悄登陆了当初打造的这个梦想社交网站，躲在账号后偷偷看上一眼，竟还有人在上面记录他的梦想和为之努力的状态，也还有人评论我的日志和照片。可我不敢回，像是做了什么亏心事，像是抛弃了孩子的父母，没脸认回那孩子，只敢假装路过他上学的校门口瞄上那么一眼。

2017年上映的《寻梦环游记》最触动我的地方，莫过于说，一个死去的人只有等到世人全都忘了他，才是真正死了。那么，只要还有一个人在使用，那个梦想网站的存在就仍有意义对吗？毕竟它曾经真的拯救过一些边缘人，真的有那么几个傻乎乎的员工，轮番劝解过一个身患抑郁症想要自杀的用户，甚至带她来上海散心。
这曾是一个真正关心"人"的创业团队。

散伙饭那天，我和雪冬哥面对面站在包厢外，各自抱着双臂靠住一面墙。我劝他不要再继续执着了，告诉他并不是这世上的每个人，都一定需要有个梦想、需要知道十年后自己会成为谁的，你改变不了任何东西。他眼里冒着泪花，说："你说的我都懂，但我不能放弃，我能改变哪怕一个人，这个人就能再改变十个人……"

他说："你今天太清醒了。"
我在心里默默回他："不，是直到今天我才清醒。"

那时候我开始信威廉·斯蒂的那句话："不要鼓励没有天分的人。"心想，从这里离开之后，我再也不会盲目地鼓励所有青年人都努力抛弃陈规为了自己喜爱的事业而努力了。这绝对是一件费力不讨好的事情。

这个世界从来就是有无数投机者、利己者、无为者存在的，而且不可否认，他们占绝大多数。一个人的后来正是由他的从前一步步走下来，这些人即便是一辈子都不知道亚里士多德的精辟理论，不知道马列的庞大构想，也不妨碍长久地繁衍下去，他们甚至会活得比少数无私的人更好。
只不过他们的活，从来都只对自己有意义罢了。这也没什么，从来都是一些人栽树一些人乘凉，栽树的那个人说不定自己还没看见树长大就死掉了。你为这些种树的人感到可惜吗？不，他哪里会不知道结果，但他在每一铲土里滴下的汗水和心里的充实满足感，就已经值得所有。从来如此。

可自那天到现在，又是两年的时间。

我渐渐意识到雪冬哥这样的人，是有着革命者般的赤诚的人，人们可以选择不做这样的"傻子"，但不能否认他们为之付出的努力，那是真正有价值的事情，哪怕在创业当中，他们不能因为这种价值拿到投资者的一分钱，甚至不能维系创业的继续，但这样的稀罕人，这样的稀罕团队，绝对值得一份尊重。

所以后来，我在写在日记里那一大段阐述"不鼓励"的话后面，又加上了一句：可鉴于你也不知道哪些人是哪种人，还是一起呐喊吧，兴许就有人听到了，苏醒了，砸开了暗无天日，走出了他的麻木，拥有了一个崭新的人生。

也正是因为这个，那些年里，我们从来不只是做了一只风口上的猪而已。▶|

○　‖　▶

在生活里无人牺牲

拿到考研的结果之后，我继续留在了上海。

有两个月我租的房间就在延安西路车水马龙的高架边上，一条马路两旁是错落的四方高楼，与之相交的另一条马路尽头却是一幢又一幢美丽的老洋房。一开始我真的惊喜于这新的景色，全不是我待了五年的杨浦的味道，也不是途经过一年的浦东的景象，似乎完完全全是另一个上海。

几天后我才发觉这景色是有代价的。因为临近高架，纵然在十几层楼上，窗户一开就跟坐在大马路中间似的，偶尔有跑车或者重型机车开过，轰鸣声由远到近，再直直地从我的耳朵里碾过去。

上海房子极少装伸出式的防盗窗，衣服都得晾在窗外的不锈钢伸缩架上，横在天桥来来往往的行人头顶。前一天擦得光洁如新的杆子，隔一天就能蹭一手的灰尘，屋子里也架不住浓重的湿气，墙漆都剥落发霉了。

就这样的环境，我得和朋友两人合住，才搞得定这个地段的房租。终于有一天我们打算搬到新地方去了，却又要面临新一轮的"押一付三"加上中介费。

我俩掏出钱包、支付宝、银行卡合计了下，很快意识到远远不够，只得厚着脸皮分别朝朋友借，红着脸一再声明下个礼拜发工资了立马还上。

看着每一笔微小的收入在账户里没歇上一个钟头就慌慌张张地跑去别人户头，却还有一把要缴的账单，一堆要清的债务，一购物车等待付款的心爱之物，我像点燃的卫生纸一样迅速地焦虑起来，真是又穷又穷的二十多岁啊。

"逃离北上广"和"逃回北上广"热议的那几年，还在大学校园里头待着的我没有多少感同身受，直到现在才后知后觉，那可真是住在临近商圈地铁站的核心地段，一年房租也才一千二百元人民币的幸福时光。往后岁月里，那种日子再也不会有了。

我逗留上海，又不想给父母徒增负担，便央求以前的同事帮忙介绍一份兼职，勤恳地完成工作之后只期待着老板早点儿发工资，哪知一连几个月，与我对接的那脸蛋圆润的上海男人连报价表都还没有给老板看，拖了一周又一周。

生在这里长在这里，永远不愁回家没有一口热饭吃的人，明显感觉不到我这种异乡人的生存压力，他们不懂那种没有退路的感觉。
大多数时候我对自己写的文案还是有一点儿不那么空穴来风的自信，但那天下午，我就光听这人在电话里得吧得吧地不停压价了，仿佛我所引以为豪的，在旁人眼里都该一文不值。

我干脆进浴室里淋个澡先冷静一下，手机里放着音乐，唱到那句"I don't know if you get will lost at sea（大海苍茫，我不知道你是否会失掉方向）"，叫人忍不住鼻头发酸。

氤氲的水雾散去，挟走了我的自尊，走出门就低声下气地答应了那些远低于预期的条件。之前我信誓旦旦地跟父母说能养活自己，如今也终于到了有一口饭是一口饭的将就境地。

我想起那天晚上，从来都是笑面迎人的闺密突然发语音过来，一句话也不说就是哭，哭了老半天，才告诉我，她爸爸又在电话里贬损她，说她花那么大工夫去留学，回来还是只找了一份本科生薪资水平的工作，还不如一开始就回老家去。

她委屈巴巴地说，我也知道自己现在的工作不是很理想啊，但是……话没说完，语音就突然切断了，原来是她老板发了消息，她不得不立刻停止哭诉，擦干眼泪继续加班。
后来她回头解释，说我没有把老板放在第一位啊，只是如果不摆出一副随叫随到的架势，就不会有钱给你们买礼物了。

"没有钱是万万不能的"这句话，如今可是时时悬在年轻人头顶，渗透到我们骨头缝里去了。

那个给我介绍兼职的前同事，偶尔和我一起去甲方公司里开会。看他那样一个骨子里骄傲能干的男人，为了维持一段合作关系，为了这份关系能带来的更多机会，在难搞又低能的客户面前做小伏低，叫人不免有些心酸。

活在这里，挺不容易。

有那么几个礼拜，我真的身无分文了，朋友约饭也不敢出去，找到个借口就拒绝掉，心想着多点时间做兼职，才能把欠人家的钱还上。

所以那天兼职的公司里有人说觉得我写得不错，要介绍我给她朋友公司写点儿广告时，就好像漫漫长夜里终于浮现了光，我兴奋地拔腿就朝那点儿微弱的光芒冲了过去，甚至还不免得意扬扬，想这世上终究不乏赏识我的人。

我们见面之后围坐在地下一楼快餐店的小圆桌旁，我掏出纸笔，眼神如炬，一丝不苟地记录着甲方的要求，不时从专业角度提出一点儿建议，自恃聊得不错。

半个小时过去，没有人点一杯饮料，一位六十来岁的阿姨，一位西装革履的男士，一位干练的职业女性，你一言我一语地提着要求，我终于听出了点儿眉目，更确切地说，是听出了点儿不对劲儿。

他们在给我佣金这一点上倒是毫不踌躇，连价格也不用多讲，两天就能打到卡上。但我隐约意识到，要做宣传的这一家公司并没有那么见得光。这分明是要给三无产品做虚假宣传。

告别这几个人之后，我步行回家去。

静安寺旁有人在吹萨克斯，是咖啡馆都不再爱放的过时曲子，却在此刻倏地钻到了心底里。树叶哗哗地响，风大得眼睛都睁不开，我感觉嗓子很干，原本倍感幸福的整个人慢慢垂头丧气，陷入泥淖。

说实话，一文不名的日子真的很难过。

我的恩格尔系数在相当长的时间里几乎是接近百分之百的。高中课本上说，恩格尔系数是判断人民生活富不富裕的一则标准，只要你还能买得起更多的衣服裤子裙子帽子票了，哪怕在油盐酱醋茶小菜之外还买了不少鸡鸭鱼肉蛋奶，恩格尔系数也是高不到哪里去的。

而我这种恩格尔系接近百分之百的奇葩，没别的，兜里的钱除了买点吃的维持生命体征，真的没有更多富余去做任何事了，哪怕逛淘宝。

那段日子，我每周都会专程等到周末的舞蹈课结束之后，在公交车站旁的特价菜市场里买上好几天的菜一路拎回去，只是因为不舍得在租房附近价格又贵分量又少的超市里买。

这日子真的憋屈。所以我在这场对话开始之前就答应了他们，我也的确需要钱来缓解燃眉之急，但谁会知道，这笔钱那么烫手。

回去的路上我打电话给朋友，再忍不住委屈和失望的眼泪大叫："怎么办啊，我要是接了这一单，就成了一个助纣为虐的人了！也就要变成一个我自己都不喜欢的人了。"

我实在不知道，是在捉襟见肘的日子里妄图守住一点儿良心比较蠢，还是在衣不蔽体的日子里出卖良心比较糟糕。

我想了整整一个下午，最后还是拿起千斤重的手机，发了条微信拒绝了。那一刻没有觉得胸前的大红花更加鲜艳，手里的道德大旗迎风招展，只不过松了一口气罢了。

人这么心软，活该穷着。但二十岁以后已经对自我产生了足够多的怀疑，确实不能再彻底动摇价值观的根基了。

穷是穷了点，但人生路漫漫，至少以后我再回想起这一天，不至于觉得自己那么不堪，为了一点蝇头小利什么事都做得出来。我要保留一点儿喜欢自己的理由，这比吃得好一点更重要。

我父母只是十八线小县城里的人民教师，并不富裕，更有四位老人需要赡养。这些压力自小便听我妈时不时提起，她的确很爱我，为我付出不少，但她苦从中来的念叨难免让我一直觉得生活很窘迫，也从不把他们的付出看作理所当然。

她常常叫我回家去发展，说家里的钱拿到上海来花简直不算钱，毕其一生也没办法帮我在上海买块厕所大小的立锥之地。而与此同时，房东们的话却时常在我耳边打着转儿：我有好几套房子在出租的呀，普陀有一套，徐汇有一套，中山公园那边还有一套。

有时候我真的会严肃考虑下"找一个有房子的男人"的建议，真的会看着身边和上海男生在一起的姑娘生出一点儿若有似无的羡慕，在那些个时间点里，我真觉得一个人活着挺累的。

但更多时候，我还是和很多人一样，选择傻乎乎地继续奋斗，等待一个愿意一块儿努力的人的到来。

北上广的差距感受得多了，总要有个口子释放，有人选择仇富，有人选择奋斗，也有人就真的说算了放弃吧回家去好了。

家里的房子比这里大，空气比这里好，亲朋好友比这里多，赚来的工资就是工资，不会一半都跑进房东的口袋，为什么不回去呢？

但人的一生该怎样度过，这本就是一个祖祖辈辈都解决不了的是非题。陪伴家人身边，安于一杯奶茶幸福一天的小确幸，和出门闯荡，做一份钟爱事业，抑或周游四方，体验一些未曾经历的事，到底哪一种才算没有虚度一辈子？

或许只要你心安于此，哪一种方式都不算虚度人生。

即便我一无所有，但至少现在，我也还不打算放弃。我甚至不认识任何一个富二代朋友，借我钱的好友，他们的钱也是一笔一笔从工资里攒下来的，没有人供着他们吃穿，供着他们不工作也能周游列国。

这不就是我们的二十多岁吗，原以为会是叱咤风云的写意年华，却不想是如此丧气满满的焦虑岁月，用自己远远不够结实的肩膀承担成人世界的各种压力，整日整日地，囿于工资和福利，房租和水电燃气费。

这不就是真实的世界吗，一眼望不到头，它有时候糟糕到让你想甩手不干，有时候却又能及时塞给你一点儿喜出望外，叫你忍不住无限推迟归期，叫你心甘情愿寻找各种又累又脏的赚钱机会，来延缓那点儿理想主义的死亡。

歌里有这样一句：圣贤说那坚持一定成功的事，相信它的人就像相信一个漫长玩笑，不信它的人已经没了灵魂。
他们唱啊，唱道："如果我在生活中牺牲，请不要把我来怀念……"
可但愿，但愿我们谁也不会在生活中牺牲。▶|

○　‖　⑭

戒不掉
微醺

近四十摄氏度的午后，马路上翻腾起股股热浪，太阳毒辣，我半眯起眼，穿过好几条街，终于在西康路上找到一家日料屋。
"对不起，我们马上打烊了！"穿着小围兜的服务员急忙走出来，堵在门口。

我巴巴地望着她，"不会麻烦，我不吃饭，就喝一杯梅酒！"
姑娘愣住，一副闻所未闻的好笑表情，潜台词仿佛是，"你是认真的吗？"对视我坚定的眼神几秒，她无奈地点点头放行了。

我满怀感激地落座，信守诺言，迅速点好了一杯加冰的梅酒。一分钟之后，杯子摆在了面前，冰块在酒里溶解，发出微妙的滋啦声，我就着冰喝一口，瞬间从喉头凉爽到胃里，舌尖是酸甜的余味，整个人都清透到底。

已经很久没喝酒了，一点点酒精带来的晕眩感叫人如此想念。那一点点肢体的酥麻，一点点眼神的飘忽，一点点思绪的朦胧，搅拌在一起，颇有一种不真实的幸福感。我已经尽力拖慢速度，杯子依旧很快就见底了，这个价格对应这点儿酒，真是暴利啊。但千金难买心意满。而后一脚踏出店门，连日光底下的行人也好像全都活泼了起来。我无比满足，却也有些许失落。

这是顶愉悦的时刻，像是小时候趁着老师背过身，赶紧低头偷吃了口零食，捂着嘴细细咀嚼，满教室独有你满口香甜，顾自窃喜。

这也是顶寂寞的时刻，四下都寻不到一个酒友，无人与你共享这一秒的奇妙微醺，互相指着对方涌上腮头的红润来放声大笑。酒越喝越暖，水越饮越寒。我大概是在死皮赖脸地向这座钢筋水泥的森林索取着什么温度吧。

想起有晚，室友兴冲冲地拎回来一个包装精致的盒子，一脸得意地叫我打开，里头竟规规整整摆着两个细颈瓶装的酒和两只茶色小酒盅。一瓶桂花，一瓶玫瑰，一深一浅，柔软的桔灯下，真是美丽尤物。

我坐在地板上抱着酒，好笑又感动。这是她们公司的福利，纵使她自己不喝，也是知道家里有一个酒鬼的，死活要了过来带回家。愿意惯着我这不良癖好的，确实没几个人。

喝酒是个坏习惯，跟抽烟一样坏，也都一样容易叫人上瘾。但有些玩意儿是你尝遍世间百味后的自主选择，就像鼓起勇气选定了一个人，明知有很多缺点，却完全掩盖不住他在你眼里独特的魅力，更无力叫你就这么放弃跟他在一起。只要你懂得清醒地承担那些坏，也能够把种种不好控制在可接受的范围内。

人们对酒的态度是如此褒贬不一，它像是伊甸园鲜艳欲滴的苹果，叫一些人难挡诱惑，却让另一些人敬而远之。
我身边的朋友大多不爱喝酒，甚至唯恐避之不及，到万不得已才端起酒杯，要么为了工作，要么为了社交。
他们说，酒精让人胃里难受头脑发昏，难以控制自己的肢体，像个刚学步的婴儿一样手舞足蹈，仪态尽失，这多么可怕。
他们说，我没有故事，不需要喝酒。

是了，不够清醒叫人害怕，怕解下镣铐后的脆弱和疯癫叫旁人看了笑话。人们又向来喜欢把酒和愁捆绑在一起，好像除了逼不得已的应酬，喝酒就只是软弱者的藏身城堡：情场失意，郁郁不得志，都是买醉的最好理由，而买醉不过是逃避现实的无奈之举。

后来看话剧《酗酒者莫非》，莫非摇摇晃晃着说："人总说酒是坏东西，酒说人才是坏东西。"
酒这个东西啊，你闻着别人身上的气味觉得发臭，看着别人失态觉得糟心，等放到自己身上，却完全是两样的事情。

那些微醺的夜晚，有爱情发生，有友情盛开，也有细腻的心酸轻轻弥漫，像是吃了见手青轻微中毒的人，用无法抑制的想象给自己建立了一个魔幻又浪漫的世界，其他人看不到，自然也不会懂。

如果人会因为癖好而分门别类，有些人大概是拥有一个适合喝酒的灵魂。

就像一点点的失控对于我来说非但不糟糕，反是一件尤其美好的事。喝酒让我跃入这个世界的另一个维度，那里没有正襟危坐，没有瞻前顾后，它叫一个沉默的人滔滔不绝，叫一个虚伪的人丑态毕露，叫一个心灰意冷的人找到久违的热情。

你看过巴西摄影师Marcos Alberti拍的那组流传甚广的喝酒前后对照吗？再讨厌喝酒的人也不得不承认，和清醒时故作正经的神情比起来，微醺后的男人女人们情不自禁吐舌和大笑的样子可爱得要命，脸上孩子般的快乐一览无余。

把一切情绪放大开来，叫悲伤的人更加悲伤，叫快乐的人如臻极乐，叫环境的险恶不再硌得肌体生疼，叫生命的热爱和勇气冲云破雾，彻底释放藏匿心底的狄奥尼索斯。它就有这样的魔力。

虽然年幼时候，喝酒在我眼里绝对是世上最不体面的事。

我没得选，甚至难以想象完全与酒无关的日子会是怎么样，因为从一开始，它就是融进生命的血肉。

不是人人都有一个爱喝酒并常年酗酒的母亲的，连七分靠瞎掰的星盘分析都无法忽略这一点，它令人震惊地指出：你母亲喜爱喝酒。这对于一个惯常只是聊以消遣的星座解读来说，无疑是超常发挥了。

基于此，我一直都拥有能从电话里的声音中判断她喝了几两，从说话时喷出的气味里辨别她喝的是什么种类的技能，也经历和处理过大大小小无数个醉酒闹事的场面。

天知道年幼的我多么厌恶白酒混合各种正在消化的食物从胃里翻腾出来的那种腐糜的味道，多么受不了那些虚情假意喧嚣浮夸的酒局，多么以她酒气冲天地出现在校门口引来诸多无谓侧目而暗暗为羞。

偷偷把酒换成白水、录下醉酒后的形态，我和她为了戒酒这件事明争暗斗了二十几年。如今人到中年，她自己幡然醒悟，发现一瓶啤酒就能轻易放倒她这个曾经叫职场上的男人们闻风丧胆的"酒中霸王花"，过往那些数也数不清的"人生难得几回醉"，也只换来了一个千疮百孔乌烟瘴气的胃。可诸事好轮回啊，谁能料到很有一段时间里，我倒成了当初自己最讨厌的那个模样本身。

人哪里能够那么轻松地和上一辈切割？我外公年近八十，还是每顿饭必饮酒二两，几杯谷子酒下肚仍能捉毫铺纸，在橘黄色灯光下，潇潇洒洒地写完几副对联。书毕，他隔着几间屋子咋咋呼呼叫我过去，一脸得意地吟出来，笑说你来评评，外公还算宝刀不老吧？

他是这样好面子，年轻时的妈妈也继承了这副倔犟劲儿，自发地站出来成为那个面子，事事都不认输，非要在酒场里也叱咤风云。她叫自己的父亲稍逊风骚，心底里，也极渴求他的一份认可。

我又何尝不是这样。这么多年，酒于我而言既讳莫如深，又充满了原始的诱惑。

大学毕业之后参加公司领导的婚礼，宴席上，女孩子们自觉给自己倒果汁的时候，我却不自觉地把手伸向了大圆桌中央的那瓶茅台。一杯落肚，口舌胃皆辣，窗外江面的霓虹忽的腾起变成天上的星，主持人一声令下，我跳起来穿过摇晃到变形的人群，冲上台抢到了麦克风，红着脸唱了一首走调的小情歌。

那晚我们每人拿了一盆典礼后被遗弃的栀子花回家，黄浦江畔水气氤氲，我抱着一把清香从草地中间的石板上穿行而过，快乐得像个孩子，又苍凉得像个浪子。

我相信自己身体里是存在豪饮基因的，这些年在各种场合，用一口干而面不改色的天赋来掩盖内心深处的悲凉，妄想用自己能喝这件事来和母亲拼赌，叫她知道这没什么了不起，酒场上的你已经明日黄花，而我却成长到了足以对抗过往。

那时候开始沉迷于碰杯的爽快，热衷于一言不合就尬酒，伪造一种千杯不醉的假象。起初得意非常，也把这当作青出于蓝而胜于蓝的一项成就，可这样过了一两年，稍稍散播了一些不实声名以后，才发现一切都于事无补。

我所做的，不过是完完全全地重蹈了母亲的覆辙，继承了一种麻醉自己还沾沾自喜的错觉，摆脱不掉的，是这么多年笼罩着自己的母权阴影。

解不开心结的人，才狼吞虎咽般地喝酒。我实在辜负了酒的价值。

见过的很多觥筹交错的场合，人们倒像是仇恨杯中之物，想要迅速消灭以绝后患，大口大口地灌下虚伪的交情和俗气的悲伤。

可明明酒逢知己才会千杯少，不是逢着谁都要举杯一饮而尽的。把控住一丝清明也很重要，若是喝到酩酊大醉，像一滩烂泥躺在地上或是呕吐不止，根本失去了喝酒的意义。

于是到如今，我总算开始明白自己与母亲臭名昭著的喝酒观截然不同，开始竭力消除骨子里拼酒的冲动，试图从举杯消愁愁更愁的醉酒心态，过渡到只爱微醺，到"晚来天欲雪，能饮一杯无"的坦然心情。

就像我极爱的苏东坡那句半阕词："料峭春风吹酒醒，微冷，山头斜照却相迎。回首向来萧瑟处，归去，也无风雨也无晴。"

我想我不会戒酒，我戒不掉的是一种飘飘然的境界，无法拒绝的是灵魂脱离肉体般的一刻不真实的自由，是"醉后不知天在水，满船清梦压星河"的梦幻，是相与枕藉舟中，不知东方既白的放浪形骸。

这一辈子哪有那么多人生需要聊啊，哪有那么多哲理可以思考，又哪有那么多理智要时时刻刻保持住？有些真诚实在的感受，注定只能藏身于一杯酒的默契之中。

夏初的时候，看完一出悲伤的话剧出来，有的观众直接去等电梯然后离开了，有的人在大堂里吃吃点心等待演员出来交流。流动的人群里，我忽然看见一个五十来岁的阿姨径直走向门口长桌，利落地拿起桌上的红酒一口竖下去，再拈起一块糕点，边送入口中，边走了出去。

她面色平静，没喝旁边的果汁，没喝水，喝了酒。
不知道为什么，那一个举动在我看来，特别浪漫。

尼采把酒神精神奉为艺术之魂，是看破悲剧命运后的顽强抗争，是在冰冷无趣时常无望的世界里寻找原始的激情。仔细想想，酒在某种程度上不就跟艺术很相似么？它关乎人的内心，是一股冲破框架的勇气。

饮酒之人呵，大概真的不必以为悲伤才需要喝到昏天暗地，要知道，微醺自是一种人世间难得的罗曼蒂克啊。
而我，不过仍然在等一个酒友罢了。▸❘

○　‖　▶

才
骤　不　相
变　怕　拥

那天上午，我在从朋友那儿拷贝来的文件夹里找电影资料，无意间翻出一个疑似走错片场的文档：《×××给×××的婚后准则》。

暗搓搓的好奇心驱使我打开了它，原来是他前女友留下的，看最近一次编辑的时间，已经是五六年前了。我尚有做贼心虚的罪恶感，就只轻轻扫了一眼，却也瞄到有趣的一段：

"我想要红玫瑰的时候不能是黄的，我想吃锅包肉的时候不能是溜肉段，我想听流行音乐的时候不能放交响，我想吃垃圾食品的时候不能说我是垃圾桶，我想低级趣味的时候必须发自内心地称赞高尚！"

恋爱中的姑娘不要太有文采，一整张傲娇脸都跃然纸上了，我忍不住笑出声，顺手截图发给了当事人。

他先是发来一个问号脸，良久后又道："不知道为什么，看到这段话就想转发给她。"

等我把整个文档甩过去，他才恍然大悟，这本来就是她写的啊。转头再一问，写的人自己也早就忘了这回事。

两人都说忘了，也不知是真心还是掩饰。独我这个毫不相干的旁观者，对着这些明日黄花的文字唏嘘了好一番：当年他被逼着在她的面前念出这篇啼笑皆非的"老公卖身契约"时，大约怎么也不会想到，若干年后，这段维持了九年的感情会尽付东流。

爱情里实在太容易许诺了。

被荷尔蒙刺激着的爱侣好像已经携手站上了珠穆朗玛峰之巅，未来都在眼皮子底下，哪里还有一丝惧怕？但又常常都是"塞上牛羊空许约"，是在各自的人生账户里开了一张张空头支票，最后徒留一句句苍白的"很抱歉，该承诺无法兑现"。

朋友们都做好了准备份子钱的打算，他俩倒突然从爱情长跑里退了场，像是憋着劲要给这个世界上的痴男怨女多贡献一个不再相信爱情的借口：你瞧他们，流鼻涕穿裤衩的时候就打照面了，从互相抄作业课桌底下递纸条的岁数，好到了可以一起旅行同居甚至订婚的年纪，从肩并肩挑灯夜战，好到了另一种"挑灯夜战"，最后也还不是分开了。

可这又能赖谁呢？谁知道故事怎么发展，谁知道结局由谁来书写。

说起来我们都犯过在楷模身上找信仰的毛病，尤其在爱情上。

一对长情的伉俪典型比任何诗意缠绵的语言都来得有说服力，亘古如此。执子之手，与子偕老，人们打心底里很愿意相信那是存在的，这是古往今来爱情小说都长盛不衰的基石。

我也写过爱情。其中一个是M姐和她男友的真实故事，我写他们生活里的小确幸，写他们如何吵吵闹闹叫人羡慕，写他如何为她的美丽自豪而不占有，如何想帮助她在家乡盘下一座店开咖啡馆圆她的梦想。看的人都说好甜啊，真羡慕。

下笔的那一刻，我确是相信有一份真挚的爱情就鲜活地展示在我面前的。可不过半年后，我再瞥见M姐的朋友圈，却突然发现在那些照片里，她亲密倚靠着的不知何时已换作新人，而她美丽的笑靥倒与昨日无异。

或许朋友圈是口深井，乍一看波澜无惊，仿佛人人都是千篇一律的岁月静好，点击发送的那一秒就是永恒。那底下却处处是生活的暗流涌动，是不知不觉中的情随事迁，连无谓的缅怀都要统统省去。

譬如大学里那对公认的佳偶，在一起四年，毕业后不久便悄无声息地各奔东西；譬如原先如胶似漆的鸳侣，在尚未除尽前草的朋友圈里，又从从容容地晒出了与下一任的合照……

日子久了，人长大了，我发现自己竟很难再下笔书写爱情。爱情似乎成了快消品，而人是没有太多情绪和精力可用以歌颂赞美这种即时快消品的——你只管狼吞虎咽好了，反正很快就都会消失殆尽。

不就像那句歌词？"在这个轻易告别的时代，爱得像置身事外。"又像那句，担心着"旅人将我的热情都燃尽"，不知道还能不能遇上"像一张情书感觉很初级"的你。

你难道没有感觉到，很多次旅行中你刻意闯进当地人的生活里，他们都板着一张脸似乎并没有那么好相与。等再熟悉一些之后，才能发现他们只有对身边人才有的平静却深厚的爱，这种专注叫他们不会再把热情浪费在无谓的游客身上。

大概感情是消耗品，平分一点少一点。

所以，当你的生命里过往了那么多旅人，他们真的没有把你的爱都耗尽？还会不会有一个人出现，叫你愿意小心翼翼地捧他在手心里？

有一个暴雨天里，我和合租的室友一起看九十年代的老港片，《倩女幽魂》和《白发魔女转》，她以前从来不看港片，惊得睁大眼睛，说那时候的女人怎么能那么痴情呢？

我好笑地睨了她一眼，像是看一个外星人。这么看起来，虽然我跟她都是1994年属狗，却简直像两个时代的人，我婴儿肥的大脸下大概隐藏了一个迂腐的小老太太，满满都是感时伤怀。

那个年代的主流爱情观可不就是这样？爱情至上，那么美那么痛，琼瑶剧似的痴痴缠缠你侬我侬，袖手旁观者犯不着上来插一句嘴：这么痛就放手好吧？

多煞风景，就算最后要放手，也是要到万劫不复的境地了。

你说合不来就分开不是好事吗？不是时代的进步吗？是啊，对啊，可是我只是偶尔很怀念那个人人都可以凭着一腔热情去爱，不用担心会被群嘲是"自我感动"的时候。我只是对自己也颇有些失望，为什么遇不上一个可以坚持走下去的人。

在这个后放手是一种失败的时代，留恋叫人觉得下贱，挽留都会觉得丢人。

一人一生，或者从来都是个童话而已。

深爱是一门学问，学霸已经臻入化境，学渣却把教材都拿来垫桌子。

有天从地铁站出来，在上行电梯上，我听见后面一个年纪稍大的阿姨不停絮叨："我天天要给别人讲，他摄影啊一个月能赚几万块的叻！你知道伐，人家看你天天不务正业地拿个机器摆弄来摆弄去，又没弄出个名堂，丢人不啦？"

我皱起眉，认定这又是一个因循守旧的母亲对一个拿爱好当职业的新时代儿子的劝导。为了验证这判断，我信心满满地转过头装作不在意地瞟了一眼，这一眼倒叫我意外得不行。

只见一位老太故作嫌弃地看着身边人，嘴角还带着笑意，那挎着相机包不好意思地乐呵儿着的，竟是一位头发花白的老头。他们肩并肩往上走，自成一副闲花逸柳水波微恙的生活图景。

我想起有次朋友忍不住感叹，说上海的老头老太怎么感情都那么好呀，那么大岁数了，好多对儿在街上都是手拖手走路的。
可你看着那些已经走到了人生后半程的爱侣，连羡慕都没有了，因为无从效仿。

前段日子房东阿姨来给修门，她之前总是一口一个"我老公"，那天我总算是见着了她老公，叔叔长得高大精神，看上去压根儿不像五六十岁的年纪。
她不会的手工活儿，都放放心心地交给他来；他不善言辞，就安安心心做那个搬电视机和骑电车载她的人。目送他们一前一后坐上电车离开的时候，我就想阿姨真好运啊，遇见一个能自豪满满地在别人面前说起"我老公"的人。

当然有日常的龃龉吧，只是我无从知晓。旁人看到的多数都是美好的切面，这些个切面叫人对爱、对伴侣、对家庭，有太多太满的期待了，往后的日子里就是走一步洒一路，期待变作一地失望。

或许从来都是我们get错了爱情的点，错以为相爱是无时无刻的甜蜜和轰动，或许其实，从来都只能是在家长里短里挑出一点儿爱来的。糖不能当作盐来吃，饮料不能当作水来喝，会腻，会胖到走形。

或许长久的爱情本来就万里难挑一，长久的陪伴才可以慢慢修炼。

或许无尽的矛盾才是常态，只不过现在的年轻人不大愿意去妥协罢了。修理一只总是嗡嗡噪响的陈年老冰箱太烦，还不如买一只新的，再买一只新的，买了一只又一只新的。然后给自己说，人总不能为了留恋那些个有故事的冰箱贴而留着满目疮痍的冰箱吧？

只是不知道谁会成为你的那最后一只冰箱罢了。

只是从此你就要一刻不停地适应一个又一个新的冰箱的脾气，适应到你忘了自己的偏好，忘了每一段与旧冰箱同在的有哭有笑的旧日子，和那个时候的自己罢了。

但是，有没有一个人，会叫你从不舍得只把他看作是一件随时可以丢弃的家电？

叫人害怕的是，从前我拿"喜欢"和"心动"当作唯一标准，而现在我已经自觉不自觉开始拿各种硬件当作过滤器了。虽然不想随意开始一段明知不合适的感情，却怎么也遇不上一个又合适又喜欢的人。

我时刻在担心，这个年纪的人，大都已经有了白月光，越往后，你越有可能做不成他心里最特殊的永远的那一个，而只是成了将就。

就像从前那个会跳Breaking的同事，他交往过的姑娘说喜欢海贼王，那之后他每次去麦当劳都会默默收集一个海贼王玩偶。一套六个人物，乔巴会变脸，路飞手会动，弗兰奇会投射海贼旗……他收集到一半，姑娘就跟他分手了。

他没有说什么，继续默默收集齐玩偶，集齐之后把玩偶都装在箱子里收了起来。

他在南京等了三年。骗哥哥说公司在做一个大项目，骗妈妈说自己找到了女朋友，发给上海的那推简历里，故意删去了自己的联系方式。

可他没有等到姑娘回头。

上上个圣诞节，他把玩偶打包起来当作交换礼物送给了同事。他说他再也不可能等一个女孩子等三年了。

"成年人了，光靠爱哪能活下去。"

在大光明看《比海更深》的时候，男主的前妻讲出这句话，两层楼的影院似乎都为此噤声了，却又仿佛听见了所有人一起在叹"是啊"，心照不宣又震耳欲聋。

男主可爱的妈妈还说了一句更绝的，"我到这种年纪了，还没说过爱谁比海还深这种话呢，一般人都不会有啦，但每天都还是开开心心地活着。"

是这样的吗？我喜欢这部电影，可这话叫我脊背发凉。

最怕的，不就是你以为面前都是门，门后却都是悬崖，不就是拿着不对等的诚意，在一群没有心的锡人里找那个愿意跟你远走高飞的费叶罗吗？

但自己又何尝不是扮演着那个锡人，从未遇见爱他就像爱生命的那一个。也许这辈子就没这么好彩。

《蒂凡尼的早餐》里，男主眼见着女主把没有取名的猫咪扔出出租车，丢到滂沱大雨中的纽约街头，他气坏了。

他把那个售货员刻下二人姓名字母的戒指甩给她就下了车，又回头站在雨里对她说了一大段戳心的话。

他说，没有名字的小姐，你知道你的问题在哪吗？

你怯懦，你没有勇气，你害怕挺起胸膛说：生活就这样，人们相爱，互相属于对方，因为这是获得真正快乐的唯一机会。你自称野性不羁，害怕别人把你关在笼子里，可你已经在笼子里了，是你亲手建起来的，不管你往哪去，总会受困于自己。

人们相爱，互相属于对方。

说实话，"属于"这个词，讲出口都有些让人害怕。

多少关系是没有属于的，我们一起吃饭，一起睡觉，但你我不属于彼此。我们害怕属于和被属于，这等于摘除了剩下所有的可能性，等于拿到了一张有明确日期和座位的船票，不能再去坐舒适的飞机，不能再去选浪漫的火车，不能再换作刺激的汽车。

太多人没法放弃这些可能性，于是成了彼此生命里一个又一个没有名字的猫咪，随时有可能从对方的生活里跳出窗子逃跑，无论是流落进垃圾堆还是好运被另一个有心人捡到，结果都是再也不会回来。

但是我知道，我们中很多人依旧学不会大海捞针，学不会在不爱的时候就开始一段感情，像猎头一样列出条条框框去筛选一个个应聘者，因为明明中意就是那么感性的事情。

只是我们不知道等待在前面的是什么。是妥协，还是很久很久的等待，是幸运的相遇，还是终于认识到遗憾才是人生的常态。

要长长久久地走下去是他妈的运气活儿，所以，天长地久还是有时尽都不是问题，问题是，请叫我常怀热情，叫我永远有一颗未婚妻的心，不至于被即停即走的过路人耗尽了期待。

有些事是会变的，有些话说出来不一定就是一生一世，可是，若叫我遇见那个人，我想自己仍是不会闪躲。
只要那一秒钟里，爱能比海还要深，这一辈子也就值当了。▶|

○ ‖ ⑩

关于『死亡』

搬到普陀区以后，终于结束了几个月来的漂泊，暂且安定下来。和室友分了几勺冰西瓜，一个坐在地毯上，一个坐在窗边，开始做各自的事情。我从书架上拿出一本《沉默的大多数》，晃到窗前坐下。

小区绿化很好，窗外是满枝果实沉甸甸的枇杷树和高大的棕榈树，风一吹过沙沙作响，混着各种鸟叫声、收旧家电的喇叭声，和楼下邻居的交谈声。静谧得像是我小时候的夏天午后，充满了生的安宁。

我拿着书，翻到扉页读作者简介，留意到王小波的生卒年，他逝世于1997年。那一瞬间，突然很疑惑他究竟是怎么过世的，顺手查了一下，原是因病。

以往每每看到英年早逝的新闻，摇头可惜的同时，也暗暗在心底合计一下岁数，但凡年过三十，便会觉得总归经历过了人生大小事，算是不虚此行。像是需要宽慰谁一样。

可人是怎么也活不够的。二十岁的时候觉得现在就死去太早了，到了三十岁，四十岁，哪怕耄耋之年，也一样会这么觉得。

王小波享年四十五岁，周游过各国，做过知青、工人、教师，拥有过刻骨铭心的爱情，写过流传后世的著作，这在我的残忍合计里也能被划到"差不多合算"一栏了。但前几天母亲过四十六岁的生日时，我却发现自己一点儿也不觉得这个岁数已经足够，我愿意拿一切换她长命百岁，不，如果可以，请更久更久。

这或许是死亡之于我们最大的压力，它来自于牵挂。或是亲情，或是爱情，或是友情，或就单纯是自己想生的欲望和不舍。

年少时读三毛，看到《不死鸟》里她写自己在丈夫荷西死后的悲恸，她因此希望所有爱的人都比自己先走，叫他们不必承受这份死别的撕裂。那时候我不理解，说出这种自己要死在最后的话来，固然初心是好，但始终叫人别扭。后来我离家求学，偶尔会有危险的时刻，满脑子想的都是不要叫我死，不要叫我父母为我伤心崩溃，那会比死更难受。

我有过一回在老家一氧化碳中毒的经历。夜里头痛欲裂，自己竟挣扎着爬下床扶着墙挪了出去，蹲在地上抱住堂屋正中桌子的一脚，不停呼吸了半个小时新鲜空气，才稍稍能稳住颤抖不止的手，抓起电话打给父亲。

要不是房间里开了一点窗，那一晚或许我就醒不过来。那种昏沉到快要失去意识，拼尽全力抓住一丝清明的感觉叫人无比恐惧。

快要呼吸不过来的那一刻我想到了什么？

只有一个念头：不要叫父母担心。连我自己也不相信，这竟成了远在生命之上的羁绊，让我每每想到都流泪不止。

二十二岁以前，我有种生命里只有未来的错觉，前路虽然未知，但都是活生生的有知有觉、色彩斑斓的未知。二十二岁以后，突然之间，我开始频繁地想到"死亡"这个命题，好像有生以来第一次，发现生命不光有起点，即便大多数人看不见或者不想看见，但终点一直都在那儿。

像是头一回意识到，人原来都会死的，当翘首以盼的成长结束之后，剩下的就该是慢慢衰老了。

我那个头发自然卷、身材矮胖的姨婆，印象里都是小时候的夏天她背着篓子一脚一脚从路的那头远远走来，用尖锐的嗓音叫我乳名的模样。前几年见到她，人已经萎缩到成为轮椅上的一小团，她目光呆滞，不时流出口水，完全认不出我来。那之后没多久她就去世了，只剩下春节时必去燃一卷鞭炮的墓地，和墓碑上"先妣"及一串"温良恭俭让"后头跟的名字，我从来不知道的名字。

我一个高大健壮的表姨夫，回去拜年经常路过他们家，最后一次见面，是他欢喜地蹲在家门口的路边，拾起一根木枝，在地上划拉出自己新修房子的结构给我们看，临走还塞了几个橘子，放了一袋土特产在后备厢里。

他的楼房才下地基，人就没了，一米八的大汉，穿着寿衣躺在木板上，嘴唇紧闭，面庞发紫，苍蝇在旁边飞来飞去，烧满薰香也掩盖不住那股隐隐的腐烂味。亲人们上前责骂他不负责任地离去，妻子趴在他凸起的肚子上边哭边诉，仿佛他全能听见，他一大一小两个年幼的孩子眼里包着泪，倔强地抿着嘴站在一边，甚至逃走不见。这么热，这么吵，他一定很不舒服吧。我站在母亲身后，已然搞不清楚生与死的界限到底在哪。

死亡就这样游离在真实与虚幻之间。

我至今仍然记得第一次有意识地触摸到"死"的那天。是小学六年级，我从小姨家的楼里走出来，小区的路修成了一个斜坡，那坡上有三五个人围在一辆车边，每个人走过都蹲下看一看，仿佛那下面有什么刚被发现的秘密。

我不是热衷于看热闹的孩子，但那一天，莫名的好奇心叫我走了上去，也学他们蹲下，侧着头，看到了车轮子底下那个红衣女人。

她背对着我，脚上只剩一只拖鞋，大概原本只是吃完晚饭想出门散散步罢了。在人们七嘴八舌的议论中我得知了整个过程：她当时正在打电话，没有注意到正在倒退的车，而显然司机也没有注意到处于视觉盲区的她，于是这最普通不过的一天，竟成了她的最后一天。

那时候我不过十岁，却没有被吓倒，相反，我蹲在那儿默默看了很久，甚至越看，越觉得她仿佛只是睡着了。

十几年过去，我时不时会想起这个素不相识的女人，心下竟会有些不忍，不是因为死亡本身，却是因为死亡所导致的一切错过——她再也看不到这个世界会变成什么样了。

你看啊，我们这些"活着的人"，仍然在经历一切时代的变化，追逐着一个又一个流行潮，而她却永远停留在了2004年。她不知道微信，没用过智能手机，不会跳广场舞，没见过中国举办奥运会，甚至不知道自己的孩子上了哪所大学。

若她还活着，如今该是鬓发斑白，过着含饴弄孙的生活了。而我竟会对这种不甘心产生莫名的强烈的共情。

若还活着。这是一个多么虚伪的假设哪。意识到人生有限，或许是成长的一个重要分界点。

你大概以为这只是一个普通人的烦恼，可在看完《蒂凡尼的早餐》之后，我还是忍不住在想，就算是经历丰富如奥黛丽·赫本，在逝去后又究竟错过了多少新鲜玩意儿，虽然说不好这些玩意儿到底值不值得一见。

你看，这一点，什么人都概莫能外。心电图变成一条平坦的直线的那一刻起，一切都清空了，曾经费心得到的，都化作虚无。

很多年来，我母亲总会在经过老家村口时，指着一桩灰扑扑的四方形楼房胚子跟我说："这个人节约了一辈子，一件新衣服也不舍得给自己添，修成这么一幢楼，一天都没住就患癌去世了，有什么意义呢。"

嚯，人这种生物，经历过命如草芥的年代，也走到了生命至上的阶段，千千万万年，到底也没有就"如何面对死亡"和"如何在死之前生"达成一个共识。

人说，聪明的悲观主义者会更加注重生命的质量，会想要不顾一切跟爱的人在一起，或是用一生做成一件最想要做的事，才不至于在生命结束的那一刻"因为虚度年华而悔恨"，或是"因为碌碌无为而羞愧"。

而我是个悲观主义者，却还不够聪明，总是在妄想时间大概会等我一等，妄想可以有幸看遍前世后世的所有。

我不知道什么时候才能度过忌讳"死"的年纪，才会在路过红白喜事店的时候不至于不敢侧目，拔腿逃走。
我亦不知道什么时候才能像父辈们那样，同老人聊起棺材的木质、生基碑的碑文时，如聊起吃饭喝茶一般轻松。

但我知道，人会循序渐进地老去，然后在某一天，也许是在午后的一次小憩中，灯芯燃尽，烛光跳了几下，"扑"地熄灭，青烟袅袅散去，就像从未燃起过一样。这倒是一种只能祈求的幸运。
年少时你常常想，死得轰轰烈烈也不错，但当死神真的快要降临的时候，却只希望它越小心越好，千万别叫你察觉，就悄无声息地来，不痛不痒地去好了。

去年外婆生日，吃完庆生饭，我和她还有小姨坐在沙发上歇缓。她靠在沙发上，安逸却又粗重地呼吸，微眯着眼，嘴角带着余味未尽的笑意说："这辈子像是做了场梦。"
旁边的小姨翻着我旅行的相片，也忍不住叹了一口气，说她再也回不去二十多岁的年纪了。
那一刻我只坐在旁边，也不说话，就看着她们，好像沧桑百世的心酸，全叫我一人吃了去。
这一世生为人，都不得不面对这一道无解的难题啊，清醒地，时时地。▶|

○ ‖ ⑪

达尔文世界

那天上编剧专业课，导演系表演系的同学全都来了，拢共一百来号人挤了满满一教室，大家争相举手上去念自己的故事，被挑中的幸运儿们几个箭步上前，在开场白里都要满脸喜色地加上一句："对不住了各位，机会难得"，然后听老师挨个儿毫不留情地骂下来。

有人忍不住笑，说别人都是千方百计躲避指责，我们倒像是一群疯子，争先恐后地冲上去挨骂。我一面附和，一面也暗自感慨，怎么进了这所谓的艺术圈子，不仅没有很优雅，竞争压力还越发大到没边儿了呢？

资深前辈身边永远黏着几个像橡皮糖一样的学生，有时他们甚至会跟着跑去食堂，就坐在老师隔壁，边往嘴里塞饭边孜孜以求着。导师、话剧票、做志愿者的机会……所有的一切都好像是要用抢的。

仿佛在这里，人们更加知道什么是达尔文主义。

《相爱相亲》上映的那几天，田壮壮在静安寺附近的商场书店里做了个小型分享会，开放提问的时候，有个坐在第一排的男孩子站起来，学电影的他毕恭毕敬地问："我该怎样做才有机会让大佬们肯定我、提携我？"

原话当然没这么露骨，但大概就是这个意思了。田壮壮显然是个相当耐心的前辈，就算底下观众都在心里默默唏嘘，他也不疾不徐，非常认真地回答。

他说，其实我们年轻的时候无一例外都经历过这个阶段，你当然希望有更高位置的人来肯定你，但有目的就不单纯了，不单纯就不可爱了，就没有你这个年纪该有的少年感了。

他还说，你得相信自己，如果你这一生就想与电影为伍，那你还太年轻了，有的是时间。

不知道为什么，听到这里时，我突然莫名其妙在地鼻子发酸。好似有人在耳边委婉提醒说："喂，你是不是活得太用力了？"你却只能笑笑，半晌才吐出一句："可是又能怎么办呢？"

像《喜剧之王》里的周星驰一样，明知吃相极其难看，却还是不得不在每个清晨都早早起床，跑到海边大喊"努力！奋斗！"，徒劳地给自己打着从批发市场里淘来的廉价鸡血。

明理之人当然懂得田导的良苦用心，他那句"有的是时间"当然有道理，但在这个年纪，没几个人能有勇气坚信"酒香不怕巷子深"。要清空环境的影响，忽略这座城市的节奏，忘掉亲人的期望，摆脱同仁们的裹挟，好难。

紧迫感是一种传染病，我暂时还没生成足够强大的抗体。

早先看一档选秀节目，做导师的罗志祥说他专门"控油"，那些不过十七八岁却过于油腔滑调的孩子，刚冒泡就被他戳破，统统都被他黑着脸淘汰掉。这样的人不在少数。

说实话，这些世故到做作的姿态在舞台上一放大，确实有些难看。他们忽略了"度"，有样学样地运用着钻营技巧，却运用得不够出神入化。可对于此，我仍然存一点儿同理心。他们不就像有些情境下的我自己吗，用力地讨好地笑着，学着卖点儿小机灵，并不自知那近似阿谀，叫人生恶。最后连自己都要开始讨厌那面目全非的自己了。

在这个社会，一无所有的年轻人们，想要得到一个机会，从nobody变成somebody，似乎越来越难了。

从前我们都听过那个"励志"故事，讲台上的大佬提了一个问题，底下的年轻人都举高了手想要表现自己，只有一个女生径直站了起来。机会自然归了她。后来有人问她当时怎么想的，她说，那种时候唯有站起来才有被注意到的可能性。

说真的，我甚至都忘了这到底是个故事还是真实经历，我实在亲眼见过太多太多人去复制它。也许是那个想要拿到国家奖学金的同学，也许是那个来自河南农村就职世界名企的朋友，甚至也许是我自己。

那些争先恐后举起的手，密密麻麻得像一座遮天蔽日的森林，你个子不高、容貌普通、资质平庸，夹杂在里头多么不起眼，若是想要一个命运的垂青之吻，怎么可能不拼尽全身力气？就算用尽全力，也许还是只能在丛林深处渐渐枯黄。

依旧是那档选秀节目，越到节目后半程，几个过五关斩六将就快走到终点的选手之间，宫心计却开始愈演愈烈。仅存的两个看似云淡风轻的不那么在意比赛结果的人，一个是早就名校Offer在握，一个的父母是名人，资源一大把。他们心态这样好，某种程度上莫不是因为他们并不缺这一个机会？即便如此，后者在被淘汰的那一刻依然露出了一丝不甘心。

或许是赛制的变化推波助澜，非让人撕去了文明的表皮，像野兽一样信仰进化论，靠着本能来进行你死我活的决斗。大家心里都门儿清，今天站在聚光灯底下的若是你，那就不能是我了。

我清楚地记得，十年前，在这个节目里，气氛远没有今天的剑拔弩张，所谓的"青春"和"快乐"都还是在的。十年后，当年那些比赛的男孩，如今三十而立的男人们，成家的成家、拼事业的继续拼，不少人还称兄道弟，至少看上去很友好。不知道是不是那时的生存环境还没有太严峻，年轻的他们还可以比较纯粹，绝对有纯洁眼神。但如今我们真的很难做到了。

从来都是什么稀缺，人们就会争抢什么。
今天的大多数年轻人不会去超市门口排队拼夺打折的油盐菜米，却会十倍百倍地拼命得到一个成就事业的机会。

我们越来越不掩饰对前途的在乎，越来越追求把这种"在乎"变现。那种不加遮掩的努力有时候让我们看上去特别不大气，也格外不淡定。得失心这样重，若是不慎跌落，定是会被旁人指着鼻子嘲笑的。

过去看TVB电视剧，香港人不论男女老少都活得无比勤奋，像生来忙碌一样。如今每个城市都越来越像香港，一座座的屋村里，每只蝼蚁都活得越来越用力。

这样写，仿佛是祥林嫂在拉着读者诉苦，但事实上，从前或许连周星驰电影里的小人物甚至都不忍瞥之，如今却越发觉得那自是一种伟大。今时今日，如果有人像电影里的柳飘飘那样跟我说"喂，前面好黑啊"，我或许也会跟尹天仇一样回答吧。
"不，天亮之后就会很美了。"

不是喜欢受虐，是心存难以磨灭的火光。像黄山上那棵迎客松似的，很多时候我反倒享受这种在石缝中追逐一缕阳光的感觉，也越来越不在意旁人是不是正在看一个用力生活的人的笑话。

《傲骨贤妻》里，Kalinda对Alicia说："你总是乖巧地坐在那儿等机会自己送上门来，但好东西是要你主动争取的。"
不是小孩儿了，没人会无来由地给你一颗糖。所以若你欢喜，倒也可以对自己说上一句"如果是一匹狼，就不要勉强扮作小白兔了吧"。
就去正视自己的野心，不要因为恐惧失望而不敢去期望，谁能否认这也是一种勇敢呢？

唯独需要时时提醒自己的，不过是千万不要用力用错了地方。因为这其中，实在是有忙与盲的差别。
听过一个同学说她很害怕闲下来，一停下就心生罪恶感，一定要用各种事情把时间填满，哪怕是无谓的琐事。她一脸憧憬，说如果随时都有人安排她去做点儿什么就好了，这让她有安全感。

可我常常担心自己也陷入那种陀螺式的生活里，稍有苗头，赶忙掐掉。这种所谓的忙，像没有条理的园丁放任院子里长满杂草荆棘，看上去也是一派生机，但实际上只是越来越荒芜。

只是害怕空闲时的不安，所以让无意义的琐碎充斥生活，这样就无暇思考，也无暇担忧不确定的未来了。这或许该叫"盲碌"，抑或"茫碌"，甚至是碌碌无为……随便怎么形容都好罢，都是把每天要做的琐事重复了一辈子，以为这就是生活了，但归根结底不过是生活着生活本身，骨子里却是漫无目的。

目的这玩意儿，明显招人厌恶，却又不能完全不存在。

或许有目的也不是坏事，目的也可以单纯，可以是一种无须压抑的热情。

虽然不是每个人都需要找到一个除生存以外的目的，但至少要有一个目标，至少当我采访的保安大哥开始自学英语准备考学的时候，清晰的希冀显然让他的脸上比安于现状时更有神采。

用力活着的人，不过是害怕死的时候墓志铭上只能平平无奇地刻上"某某某之妻"或者"之夫"的字样，而后一句值得传道的故事也说不上来。

我不愿意盲目地旋转着，也就是明白，哪怕再不敢迈出那一步，也迟早是要找到属于自己的节奏，哪怕这节奏与全世界相悖。最好还能在夹缝中争取一小块自留地，让自尊和善良也能得以生存。

自尊让你不至于变得太油，失去了骄傲；善良让你不至于变得太坏，失去了灵魂。这大概叫用力地活得有点儿尊严。

不是每只候鸟都能在迁徙的路上活下来的，但它们还是会年复一年，一届又一届地启程，只因为南方有它们留恋的阳光和清泉，那是值得它们为之冒险的日子。▶|

○　‖　⦿

追星少女
幸会，

2008年夏天的某个炎热午时，几个补课的准高中生一路嬉闹着回到女生宿舍，那高挑身材的姑娘麻溜除去了裤子，穿着可爱的三角裤，光着两条圆润的长腿小猫一般灵敏地爬上铺位躺下。

正是午休时间，宿舍风扇呼啦呼啦，对于驱除弥漫在空气中饱满湿润的燥热毫无帮助。她们翻来覆去睡不着，就听听歌谈谈天，聊着聊着，晃荡着腿的姑娘突然用训导处主任都要听得见的音量，发自肺腑地连喊了几声："我要嫁给周杰伦！"

这画面在我脑子里停留了这么多年，以至于七年后全网都是周杰伦结婚的新闻时，我第一时间想到的还是她。周董的新娘自然不是这个姑娘，而她或许也早就不记得自己曾说过那样一句话了，就像我也早就忘了我曾经想当魏晨、白举纲、马里奥·毛瑞尔、德约科维奇……的女朋友一样。

从来有人的地方就有明星，有明星就有追星的普罗大众。

被记住的总是只有那么几个，什么四大美女吴门才子的，都是舆论尖尖儿上的人，礼貌而克制的古代人说"久仰久仰"，不就充满了一直仰慕名声在外的此人，今日终得面基的幸福感吗。

说起来，成长于娱乐时代，喝着印满超级女声的酸酸乳长大的我们，谁又还没当过一两回脑残粉呢？只是时间走得快，你若不提，我忘了也就忘了。如今谈起明星，或者只活在茶里饭间"白嫖"的言语之中，或者就是不愿常常示人的、心底里最珍贵的人生坐标了。

几年前我在一档音乐节目里做实习生，节目在春晚一号演播大厅里录制，每到直播当天就得屁颠儿地跑去老央视基地帮忙。

那天下午，隔老远就望见大门前不宽阔的空地上乌压压地挤满了人，有穿着统一T恤的，有手腕上系着各色丝带的，他们带着各种应援的海报灯牌，倒是颇有组织有纪律，排成一队一队由头头清点着。

坊间一般称他们为"粉丝"，又称"饭"，好像这类人看上去就是永远饥饿似的。大夏天的，也不知道这些女孩子等了多久，汗透衣背，发丝都湿答答地黏在了通红的面颊上。看得出来，在有望见到偶像的这一天，大家都费工夫精心打扮了一番。

我和几位同事默默立在一旁等人出来送工作牌，人群突然开始骚动，一辆灰色保姆车拐弯过来，鸣着喇叭缓缓穿过人流。粉丝们的眼睛立刻像是被钉牢在了黑漆漆的车窗户上，人人恨不得拥有个透视的特异功能，而这车像开在河里的船，推出一波波人浪之后，径直开到了院内深处才停下。

而后，几个身影一闪，四周瞬时爆发出一阵歇斯底里的尖叫，那是当天的嘉宾之一——某红极一时的韩国男团。习惯了万众瞩目的几人早已学会无视这动静，又或者知道这些尖叫者无论如何是闯不过关口的，也没朝这边望一眼，就自顾聊着天慢慢踱向了央视大楼。

旁边一女孩儿边用眼神追踪着远远离去的背影，边扯着嗓子对旁人急道："他看上去好累啊，是不是没有好好休息？"她眼里立马蓄起了一汪泉水，简直用尽了此生深情。
这种卑微到了骨子里的单相思调调，就跟大家上学那会儿围观打篮球的校草似的。只不过要是校草的姿态都这么拽，我大概是扭头就走的那一拨儿。

工作牌终于送来了，我们从粉丝中间挤过去，情不自禁夹带了些许嘚瑟，兴许还有点儿欠揍的趾高气扬，双手接过这象征着"特权"的玩意儿戴在胸前时，连四周射来的羡慕眼光都灼热了起来。

来接我们的人却一脸冷漠加戒备，极认真地反复数着人头，在最后一个工作人员通过时赶紧关上栅栏，险些堵不住即将泄口的洪流。

谁知道外头的真粉丝迟迟进不来，顶着一片嫉妒提前进门做宣传工作的我们，却被强行拉去演播室扮了一回狂热假粉，一开机就得摇旗呐喊，"热情"得几乎要蹦上舞台。都是被耽搁的好演员啊。

而后，就在我们捡着空暇蹲在走廊边上吃工作盒饭的当口，面前哒哒哒哒跑过一位艺人，几秒后一群粉丝尖叫着追了上来，跟被捅破了窝的马蜂似的。那人身高腿长，边跑边回头笑着张望，直到躲进男厕所，生生被堵在里面出不来。

几位前辈早已经见怪不怪了，只我们几个没见过世面的实习生笑喷了饭，感叹这些姑娘们也真是逗，男厕所怎么着都算不上个美好的场合啊。

又之后，为了给打理官博的手机充电，我悄无声息地坐进了化妆间的角落，听着百度百科能搜到词条的两个艺人的对话，突然喉咙痒痒咳嗽了几声，竟然立刻打了个寒战，心想这要是被粉丝看到，只怕会冠上"涉嫌传染我们家××感冒"之罪而被集体讨伐、千刀万剐了吧？

那几个月见的明星是真多，偶尔也会被突破金钟罩，叫一首歌一个人就地圈粉。多年不做迷妹的我像是失忆症痊愈，想起了前尘往事，忍不住跑去粉丝阵地贴吧发言，才刚刚激动地发出一楼，正准备讲述因工作之便对这位艺人的观察时，唰，帖子被封了。

"请不要发布与××无关的帖子"，管理员一句话就浇灭了老阿姨的热情。好嘛，那么你们永远也不会知道我手里这些料了，可惜。我傲娇地瞬间脱粉。

才不过几年，粉丝已然成了职业团体，规范严明，像是专为idol而生，不再容得下个人色彩，只剩下刷热度和喊口号，成了一支必须整整齐齐地围绕着一个人转圈的军队。俨然一种占据了光明顶自立了门派的势力，跟不上趟的人已经被甩在门外，看都看不懂了。

要知道，多年前我还是个初中生，追快男的时候还能在贴吧发暑假作业里的难题，大家伙儿围上来一起讨论，一楼一楼聊些有的没的。那时候，大家还只是碰巧喜欢同一个人的形形色色的个体，眼里还装得下自己与他人的生活。

朋友都知道你喜欢哪个明星，过生日会送你他的画贴和签名照，给你唱他的歌，这些回忆因为和自己的青春、和纯洁的友情、和爱情的懵懂有关，所以才显得格外珍贵。

虽然也干过投票、买周边、在生日的时候要全班帮忙给他写祝福的荒唐事，但大部分时候，还算喜欢得有分寸，一穷二白的中学时代，躲在家里反复看看演唱会的视频，然后自我感动得鼻涕一把泪一把就够了。最出格的，无非就是在脑子里意淫片刻，想象着也许以后会灰姑娘遇见王子般地艳遇一遭。
那自然是不大可能的事情，毕竟我们都不是昆凌。

后来上了大学，嘴边挂的偶像换了一个又一个，也去媒体工作实习，接触的明星多了，开始像看一个普通人一样去看他们。

想起彩排时搭讪坐在台下的他，没有厚厚的脂粉，所以特别清新帅气，说想去张家界，觉得那儿比凤凰好玩。那个温顺而内敛的邻家男孩，因为不会把裤脚卷得时尚而被经纪人凶，看着裤脚讷讷不回嘴的他，和家里的哥哥或者弟弟又有什么不同？他只是爱唱歌，也许爱恋一个舞台，但一定不想涂上厚厚的脂粉，换上不喜欢的style，对着每一个镜头微笑说"Hello我是×××"。

可惜这世界必定有得有失，如果含上金钥匙，就一定得带上假面具，不管你有没有做好准备，是不是爱这个中滋味。
也曾见过小时候的女神，不管再怎么发通稿吹嘘不老神话，离近了看，皱纹这种岁月的痕迹也还是对众生平等的。只是气质温婉骨相精致，是通稿里没有写出来的美。

再到了上戏，老师们都是有百度词条得过金鸡奖能上节目当导师的人，也常常听到明星校友的梗，更有老师时常提醒表演系的学生：不要去追星，以后你也是明星。

越是接近这些风光的人，就越不会再轻易迷失在容颜和人设之下，更不会为了他们而活。如果没有距离和想象，卸下了神秘，哪里还能有这样忘我的爱呢？那种带有精神洁癖的关爱和喜欢，从来只给你我都不了解的那个人。走近一看，大家不过都是尘世里的凡夫俗子罢了。

我常常在想，或许明星并不喜欢被粉丝们当作神，或许他们更希望被当作身边朋友——你不能原谅神有缺点，却能原谅朋友是不够完美的。
你喜欢这个朋友，爱慕他的优点，会向他学习，让自己够得上做他的朋友，而不是一味求神拜佛进贡香钱。

你会因为神给不了所有你想要的而丢弃信仰，却不会因为朋友犯了点儿错误就轻易唾弃他、离开他。
你会因为对神过度虔诚而放弃俗世生活，却不会因为爱惜朋友而忘了享受自己的人生。

也许余生，关于追星这件事，你会永远记得的才不是疯狂焦躁地打call和无聊的骂战，而是静悄悄远距离欣赏他们的那段日子，记得这样一个人曾经用他的才华激励过你苍白的人生，他改变了你，让你知道这世界还有那样多的美好值得期待。

年纪大了，经历多了，折腾不动了。不再疯狂，不再常常惦记，不再让颅内幻想碾压真实生活，也便是很自然的事情了。▶|

○ ‖ ⑩

我已经打消了整容的念头

时至今日，整容早就不是一个多么敏感的话题了。

拉个双眼皮、打个美容针都是微调，不作数。"微调"这个词跟它字面上的意思一样微妙，人是擅长对自己吹毛求疵的，一群人的合照里，单单就能看出自己的刘海没挃直，脸被拍圆了，忍不住拿P图软件捣鼓几下。明眼人才看得出背后的灯柱子有那么一点儿不合常理的歪斜，其他旁观者是看不出的，这叫微调。

我很落俗套，一直以来就看自己的大小眼、无骨鼻不顺眼，总想着等以后赚了笔钱，第一件事就是把自己送去整容医院回炉重造一下。

2015年夏天的末尾，公司来了一位女实习生，倘若那之前我还对"天生丽质"四个字有什么误解和心存侥幸，在那之后就彻底绝望了。后来整整两个月里，我的一项副业就是在工作疲惫之后，抬起头偷偷盯着隔了两个工位的她看。

下午的阳光柔柔地蒙在她光洁的脸上，好像一层薄纱，乌黑的发丝垂在脸颊旁，似有若无地拂动，她抬起藕节一样白嫩的手撩发到耳后，朱唇轻抿，眼波流动的一瞬间简直叫人看呆了。

那一刻我满脑子都是，这女孩儿真真是唇红齿白的，人怎么可以生得那么好看？

我突然绝望地意识到，不论我每天跳多久健身操，敷多少面膜，涂多少防晒，化多精致的妆容，也永远不可能拥有像她那样如凝霜雪的皓腕、润似明珠的点绛唇、秋水生波的葡萄眼。她若是含羞笑一笑，便是直女如我也要浑身都酥软了。

这是娘胎里带出来的天赋，哪怕去整容，费钱费事儿也做不到那样全不矫揉造作的自然美。

很久以前我看过一段蒋方舟博客里的形容，是她第一次去北京电影学院见朋友时的情景：

"我像土猴一样蹲在地上，仰头看着各式各款美人从我面前走过……我穿着童装部的大棉袄，袖口脏得可疑，自卑得冷汗出了一身又一身，最后甚至不敢抬头看，只听得艺校美人们脚步铮响，宇宙发飙。"

这刘姥姥进大观园般的纪闻，我忽地想起来自己也有个非常类似的。

那是去年四月初去上海戏剧学院面试，我塌坐在红楼前的花池子边上等候时辰，一扭头，一水儿高挑纤细、通体白皙又眉目如画的表演系姑娘陆续经过眼前，走进教学楼里。她们三三两两相互携着胳膊，谈笑风生的，我这路人简直像在看偶像剧Live。

一次性肌肉注射这么大剂量的"美"，人不免有些恍惚。虽然一样无地自容，连悄悄挺起脊背都觉得太过刻意且于事无补，却也丝毫不掩饰地仔细琢磨了一番这些近在咫尺的美人。

我盯着她们娇俏的面庞，扫描过那些精致五官的每一处细节，仿佛要挖出什么不可告人的秘诀来，越看越意识到其中多数真没什么人造的成分，最后也只能暗自叹气，幸好，我要做的是个不需要看脸的编剧。

说是自我安慰也好，不思进取也好，但这些年，我慢慢开始明白，那些浑然天成的可人儿永远都是少数，是老天爷赏饭吃，是羡慕而不可得的存在。

承认这一点反倒叫我心安。

一定会有怎么样也做不到的事，虽然人人都知道拥有它真的很好，但它偏偏就是不属于你，求也求不来。

对于这种事，我撞了南墙无数次，才得出个结论：现实一点吧，不要抱有不切实际的过高期待了。哪怕你能强行扭转命运，那也必定是非常耗费时间、精力、财力的，或许该想想，花在这里是否值得。

那些娇艳欲滴的美人儿要做演员，就没有别的事情比在镜头里吸引人还要重要了，所以她们理所应当地花大量时间，让自己在容貌方面里更上一层楼；而我这个落地时脸盘着地的平凡女生，只想要做一个好的码字者，没别的法子，我必须把更多的时间放在体验人情冷暖，饱读各类经典，写下千言万语这些事上。

我们都只有一个人生，实在不太够分。

从前我可不这样想。我高中那会儿是在文科班，班里男生大抵就七八个，男女比例接近1∶6，有几个女同学就尤其热衷于询问班里比较受欢迎的男生，迫着他们在这几十个女生里挑出最好看的前几名，简直是凭空交给他们皇帝一样的翻牌子特权。

这叫人怎么回答？还不是讨好一下眼前询问的这个，加上几个怎么说都不会错的公认美女，几个玩得来的和哥们儿喜欢的也不能落下，最后再小心翼翼掺杂一两个真心觉得的。

"选美结果"不到一天时间就传遍了全班，其中一个女生哐哐跑到我面前，睁大眼睛道："你知道吗，你居然也在里面！"怕我听不出来她用了"居然"这个词。

的确，那明明是我的形象管理最糟糕的一段历史。不到一米六的身高揣着一百多斤的膘，胖到眼睛都眯成缝，还总穿着最保守的肥大运动衫，佝偻着背把叫人觉得难堪的胸往里含，低着头走在路上像一块洁白墙上的霉菌斑，祈祷着全世界都不要注意到我。

虽然听到那句话的一刻，我丝毫没有质疑男生谜一样的评选标准，并为此暗自窃喜了很有一会儿。但越到后来，我渐渐觉得，当年那个缩手缩脚的自己有些许可悲，她那么不自信，非要听见别人说她好看才承认是好看。

她怎么就不懂，一个人被喜欢被认可有很多原因，其中当然会有诸如"瘦""白""鹅蛋脸"等刻板的条条框框，但也有"那天你穿了一身白衣在热气腾腾沸沸扬扬的教室里安静地写小说"这种可爱的理由。她自有她的特别，喧嚣里也能叫人挪不开眼的特别。

人是这么有趣和捉摸不透的生物呢，别把自己设定得太肤浅。总说丑的害怕遇见美的，猜猜美人们又害怕什么？大约是更有灵气的。

曾有那么一瞬间，我几乎被周冬雨圈粉了。
她并没有无敌大长腿或者绝世容颜，丢在大马路上也不见得多么脱颖而出，但那天坐在电影院里，我却是被那种如小鹿跃动的气质所打动，满脑子里全是：要是有姑娘敢在我男朋友面前做出这副模样，我非恼羞成怒地掐她脖子不可。

然我并没有男朋友，而且但凡我是个男的，一定也拒绝不了这样巴巴望着我的泪眼，叫人的心瞬间化成了酸甜的金橘柠檬汁。
就像人们喜欢周迅，不也是喜欢那精灵般的眼神，那收放自如的演技和情绪。灵动如鹿，这是许多美人都求之不得的天赋，也是许多整容脸即便拥有了锥子脸和小巧鼻，也不能算作"美"的缘由之一。
人根本不会因为一张脸而被上帝划分成三六九等啊，多半只会因为灵魂。

谁知道呢，尽管已经对变美没什么过高的期待，我却也因此更笃定地用适量的时间去践行一些"自然变美"的计划。

这些计划并非为了在朋友圈里发一张改头换面的自拍，不过是尚在年轻，忠于自我，小虚荣和小积极狡黠地互相碰撞着，在修炼出一个既悦纳众生又努力前行的灵魂之前，期待能悄悄比昨天的自己好上一点。
即便不能回眸一笑百媚生，也得让自己看上去像个正在拥有年轻生命的人吧？这才真真是每个人都平等地拥有过的一件生命的馈赠。

很久以前的某天下午，我看《编辑部的故事》，发觉饰演剧里那个老北京新闻圈儿的戈玲的，竟是如今婆媳剧里妈妈辈的吕丽萍。当年的她可别提多年轻娇嫩了，那种腰板儿笔直的精神气儿，那种顾盼生辉的娇媚色，比角色自以为入时的衣服和妆容更叫人怦然心动。
好比走在大街上，举目尽是二十多岁的妙龄女子，引人注目的往往不是拥有最精致五官的幸运儿，而是一个个再普通不过却那么神采飞扬的女孩们。

年轻的永远是人，是身体，是灵魂。那种恣意轻扬的青春感属于每一个愿意接受当下的人，要任它浪费在毫无意义的东施效颦上，反正我是不愿意。

一些天生不完美的东西，要老是介意，再修整也是枉然，它总不如自然的鬼斧神工。若是愿意与之和解，那就只是生而为你的一个特点，是叫你不同于别人的独到之处。

而万事万物，尤其是人，不就贵在特别吗？这可是在哪家整容医院都买不到的稀罕物什。

后来有一天，我又站在镜子前端详自己，虽然依旧是塌鼻梁、大小眼、宽下颌，但眼前抬头挺胸地微笑着的这个人，真的，也没那么难看。

这大概就是一个年轻姑娘不断接受自我的过程：从怀疑，到悦纳，接受一个很多瑕疵的却也很独特，还愿意去拥有一个丰裕灵魂的自己。

我当然知道自己永不会美得惊心动魄，但用不着整容，不只是因为怕疼而已。

这可不就是我吗，唯一而真实的，一样值得被喜欢的我。▶|

Chapter 4 / 而现在，
我就要出发去做更喜欢的事情了。

我走得慢，你不用等我

○ ‖ ⏯

19

新世相有篇文章里写："我建议人们经常回想一下自己十九岁的样子。看看那个时候的自己，充满着斗志。"

偶然看到这句话的时候我已经毕业工作了，所谓十九岁，早就像是隔世之事般影影绰绰。那是个晚上，黄浦江上的汽笛声悠长厚重，月光洒进阳台留下斑斑银面，我揉着酸痛的太阳穴，趴在床上就像睡在轮船的船舱里一样。我努力回忆了很久，终于记起那个满怀热血一头扎进社会的十九岁。

带着一无所知的迷惘、横冲直撞的疼痛、总是飞进鼻子里的漫天柳絮，还有雍和宫高墙外的满树梨花。那年春天的某个清晨我路过它们时，突然吹来一阵风，花瓣簌簌地往下落，落在我身上和脚边的地面上，我像被拉进了谁的一个梦。

十九岁时我念大三，整个学期只有一堂实习课程，同学们大都去了学院推荐的各大新闻媒体，而因一场讲座被某影视公司圈粉的我，却自己捣鼓出了第一份简历，微博关注了一串某公司的官方微博和高管们的私人微博，凭借着一股初生牛犊的孤勇，在私信里大胆地自我介绍着，表达向往之情，发去稚嫩的简历和作品。

寒假没有结束便有了回音，我在家里接到了面试电话，过完年就回上海打包行李，兴致勃勃地在豆瓣上找到了个二环以内的小单间，没几天就拎箱背包一个人北上了。

从一个远方到另一个远方，新拉过的直发刚到肩头，十九岁的姑娘不戴隐形眼镜也没有化妆，现在想想都觉着格外辣眼。可那时候年轻，青春小鸟还没有绝尘而去，皮肤还算嫩得能掐出水来，仿佛就可以笑得比谁都灿烂。
"你好像一直对北京有种别样的情感？"朋友问。
这是一种今日已经消泯了的情感。小时候痴迷于一口京片儿，连听到第一句现场版的"你大爷"，都兴奋地瞪大眼睛像得了什么好似的。就跟喜欢一个人差不多吧，经年以后，光记得一些旧事，却忘了当初为什么喜欢。

终于抵京那天，满身的行李大概能有几十斤，一路精疲力竭，我从拥挤污浊的地铁站里钻出来，抬头却忽然看见一片灰扑扑的低矮胡同上长出来的两幢古楼，一前一后，一胖一瘦，一个红墙黄瓦，一个灰墙绿瓦，两眼顿时发光。

那是它们了，是刘心武小说里，屹立在北京城中轴线最北端的古老的钟楼和鼓楼。它们可不就像俩满腹故事的老头吗？散发着叫人移不开眼的神秘。我不自觉放下手里巨大的行李箱，忘记了风尘仆仆，站在马路牙子上傻乐了半天。

接下来的半年里，我竟就住这二环线上，就住在这钟鼓楼脚下。更确切地说，是住在一个厨房改造的小隔间里。那屋子狭长，顶天了能有个六七平方米，在这地段确实已经算便宜了，可人住在里头，真叫一个不见天日。

一张仿佛从学生宿舍里现抬回来的上下铺占据了三分之二的空间，头顶着滑门，门外就是厕所。半拉阳台上有个水槽，旁边了张课桌，勉强能做点儿饭菜。房间里装了南方少见的暖气，住进去的时候是冬天，头几天早晨起床，每回都能干燥到流鼻血，等天慢慢热了起来，没有空调，通风也不甚畅快，又能闷出整整一背的痱子。

但十九岁的我完全不在意这些，光顾着庆幸自己没事儿就能往南锣鼓巷和什刹海那边溜达。如今想想，年少确是有些实打实的好，至少是耐苦好养活的，永远自带一腔被丢进垃圾堆里也能翻出点儿宝藏的盲目乐观精神。

我那二房东是个喜欢民谣，嘴唇上布着一圈汗毛像长了八字小胡子的东北姑娘，她借了我一辆快要报废的自行车，为了擦去上面的泥垢，足足费了我一整个下午和五盆清水。

正式实习以后，我每天都骑着这辆老土的座驾蹿出胡同口，沿着大马路一直往下，到了雍和宫再左转弯过河。那是早春二月里，河面还结着厚厚一层冰，南方人没见过这个，回回都揣着满溢的欢喜去看，眼见着它每放晴一次就融化一点儿，直到汇成粼粼春水。

赶上心情好的时候，两脚放肆飞踩，一路驰行到雍和宫再拐弯过桥，还没皮没脸地大声唱着那会儿流行的《北京爱情故事》里头的歌，汽车里的人听不见，马路上的人不等扭头就已经被甩在了身后，我就在那十日九霾里大口呼吸，傻呵呵地为首都的空气净化做着微不足道的贡献。

那年是我人生里第三次去北京。
头一次在七岁，第二次是十四岁，都是跟随一支人队伍走马观花，在这次稍长的停留之前，我仍然对真正的北京一无所知。我不知道起早了出门，胡同里卖的是什么早餐，不知道日落西山的时候，后海边上都是哪些人在抱琴唱歌，不知道夜色渐浓时分，鼓楼下的行人是怎样川流不息。

我以为北京是电视剧里的北京，可北京是人的北京。本地人，外地人，拼搏的，颓唐的，热情的，诓惑的，厚重的，轻浮的，都是北京。这儿的天有时候湛蓝湛蓝，像被颜料浸染得无比均匀的一整块布匹，有时候又实在暗黄低沉，浑浊得叫人喘不过来气。

我还记得自己一脚踏进公司门，和混不吝的北京大妞第一回打交道时，就被呛得说不出话来。或许也赖外边的冷空气给我的嘴冻得笨重了，就愣在那儿瞅着她自顾自地说。

那时候才算见识，原来世界上还有这样"哒哒哒哒"只管我说不管你听的交流方式，和上海话的节奏还不一样，就像是一块软软的海绵，给你挤出了点儿水它便又恢复原貌，你的回应都被吸了进去却丝毫看不出有什么反应。那个又靓又拽的劲儿啊，真是学也学不来。

于是某次出完外勤和主管一同乘车回家，她问我感觉怎么样时，我很诚实地告诉她说，我就像个新生儿一样在认知这一切。

她倒丝毫没有掩饰自己的嗤之以鼻，大约是觉得这种回答实在矫情到没边儿了。可我没有撒谎。适应一个新城市的风格，适应校园以外的社会规则，都颇要点儿时日。尤其是对我这种慢热的物种而言。

那年我可不正像个社会的新生儿一样好奇着一切，学习着一切吗？有时候干劲十足，有时候自我怀疑，有时候被责骂，有时候也被认可。常常工作到夜里十点才吭哧吭哧搭地铁回家，偷懒不想早起的时候就谎称感冒，就这样，总算也一步步在上司的口中从"幼稚"到了"靠谱"。

虽然也还是会干拿着妈妈给的生日经费，从东四北大街逛到新街口北大街，结果在那儿被Tony拖进了理发店，连哄带骗花掉了大半，连新衣服的一角都没捞着，钱就先打了水漂这种蠢事。

入职后不久，有回吃完午饭走在北京的料峭春风里，上司睨了我和另一个实习生一眼，一脸嫌弃地问："你们怎么一点儿不像个90后呢？"

那时候我们正一声不吭地往前走着，脸上一点儿社会主义接班人的朝气也无，按照她的话说简直是老气横秋。

人后疯疯癫癫，人前却总是木讷寡言，原来我十九岁的时候就是这副死样啊。在学校无甚大碍，在公司就是离群索居了，干媒体这一行的，这种表现无异于自掘坟墓。可四个月实习期过后，在公司餐厅里，也是这位主管亲口问我要不要留下来，说她希望我留下来。

十九以上，二十未满，谁又能给谁定性呢？几年后虽说是正式工作了，学会了怎样去敷衍应酬，却始终还是老气横秋的一个人。

那段日子，我每天上下班经过雍和宫的时候都要朝它的红墙黄瓦望上几眼，看着梨花开，看着梨花落。人们说那儿的香火旺，许愿灵。终于有天我拉上朋友买了门票踏了进去，许了个第二年考研顺利的愿望。

这愿望是落了空的，说本就是迷信也罢，说是心不诚则不灵也罢，如今看来，十九岁那年很多的愿，莫不都是镜花水月，流年急景。常常害怕一些事会无疾而终，一意孤行，终究都还是无疾而终了。

每天都会路过的，还有地坛的大门。后来干脆也买张月票进去晨跑，看老头老太太们跳舞，看女人推着婴儿车散步，看阳光透过瓦片落在地上。这早就不是史铁生笔下的荒废古园了，但我待在里头，却也还是常常有没来由的惆怅。

这么多的人，地坛就算再多活五百年，活成了千年古园，也不过只是他们日常生活的一小粒。但我已经永远回不去属于我的日常了。我在北京是异乡人，在上海也是异乡人，其实事到如今，就算回到老家，我也是半个异乡人了。

偌大的城市，最孤独的时候，会一个人站在马路边上，迎着冷风抱住瓶子喝老酸奶，只因为兜里没有一块多余的钱买下瓶子。清晨趁着没有人，会偷偷钻进街边公园的滑梯，倏地一下从里面滑出来，直叫自己乐不可支。傍晚的时候又会挤上双层巴士的二楼，看一眼二环里的京城庸碌，好像自己跟这城市一样苍老。

快乐的时候，也会一个人去胡同里吃炸酱面喝北冰洋，和姑姑去香山背面放风筝，躺在人烟稀少的山上，晒成了一条脑袋空空的狗。

那年我不过十九岁。结束了一段纠缠过久的曾经，也新认识了一个80后男生，常常在傍晚绕过雍和宫的一角，沿着五道营胡同，一路聊着天步行回家，小猫偷腥一样的忐忑。烈日炎炎的某天，花上两三个小时一起从钟鼓楼慢悠悠走到故宫，一屁股坐在殿宇的屋檐下，图一片荫凉。两人有一搭没一搭地说话，看风筝飞在古老琉璃瓦的上空，一直坐到广播四起游客散尽，才缓缓归去。

今后再也不会有十字打头的时光了。从此渐渐失去的，还有走南闯北的勇气，以为住在哪儿就能拥有那儿的傻气，和认真喜欢一个人的热情。那晚坐在鼓楼下的马路边，看着鼓楼上方静静的夜空，看着明灭的红绿灯，看着拐弯的公交车，而他看着我。一个穿裙子的女孩大声唱着歌走过，路灯下的身影颀长明晰。

"我刚来的时候也是那样。"我说。可后来不了。

十岁的时候我一面做着作业一面想十年后自己会是什么样子，十九岁的时候我一面刷着牙一面望着鼓楼大街上的车水马龙发呆，却忘了当时都想了些什么。

后来我迈过了二十大关，租住在黄浦江边，真正开始了上下班的成人纪元，回忆了很久才记起那个一腔孤勇的十九岁，记起那个柳絮纷飞的春夏，记起驴打滚、煎饼果子和北冰洋的味道。

才猛然发觉，我这是已经从青春里头，走到了怀念青春的年纪了。▶|

○ ‖ ◉

治愈
流浪者

原本以为那七天一个人的自由行，会永远在脑海里历久弥新。如今再回想起来，却好像是很久很久以前了。以致我无法再准确地描述每一个细节，无法再清晰地回溯每时每刻每个地方的每份心情。

几千张相片一直存在我的手机里不舍得删去，存储容量每隔几个小时都会跟我抱怨一次，我选择不理它，一直持续到现在。为什么选择在毕业不久正在上班的时候去旅行？或许要从这座寄身的城市说起。

一年前我说不喜欢这个满城市的人都自以为是的地方。

"不是不喜欢，只是你掌控不了它。"某个人看似无意，却颇为真相地说。

我好像被戳到了脊梁骨，没什么有力量的话好反驳。也许是吧，像我这样的人，的确掌控不了这个物质至上的城市，获得不了属于我的成就感，所以我抵触，自我安慰说我不喜欢它。

所以我跑去远方，去看能不能找到我喜欢的城市，看看它会是什么样子。人性说到底其实都差不了多少，我不相信真的会有多么质朴无害的社会环境。但人情就是会有不同，它让你在最基本的底线之上，感受不同的温度。

因为从不期待遇到童话般的世界，就总有意外的惊喜让一整天都美好得冒泡。于是那几天，我真的遇到了一个不那么完美，却又让我喜欢得不行的城市：它体贴，安静，有秩序，有韵味，又充满激情。
我也许一样掌控不了它，但这阻止不了我的喜欢，也能无限温柔地靠近。这大概就是一个人想要流浪各方的缘由了。

2015年秋天，我错开人山人海的国庆请了七天假，一个人坐上了飞往太平洋方向的航班。
2015年10月4日13：00，是看见她的第一眼。从几千英尺的高空上俯瞰碧海蓝天围绕着她，在浩渺里突然出现，好像魔术里变出的玫瑰，那一刻惊艳到想要泪流满面。
蓝，蓝，蓝，蓝，蓝，蓝……飞离上海的时候还是阴沉的乌云和青灰色的海水，到了这里，却像是一个刚刚蒸馏出来的通透世界。我甚至能清晰地看到海里的小船，看到两股浪的汇合。
原谅我的无知轻狂浅薄和乡僻吧，太久太久没有出去走走，太久太久没有见一个新的世界，所以我当时，就是这样明媚到要炸裂开来。开心到，觉得就这么掉进海里也不后悔。

后来因为工作关系，我整理贝尔·格里尔斯的资料，看到他接受《Play Boy》采访时说的那段话："我害怕很多东西。比如恐高症。但是，我终生都爱跳伞、爬山。我们不应该让我们的生活向恐惧投降。你要用理性的决断来战胜它们。每个人都有害怕的东西。"
用理智去对抗恐惧，确是我此行最大的收获。

我恐高，小时候站在一米高的墙上都腿软；我怕水，学了十几年游泳也不敢把脸埋进水里；我恐惧速度，每次坐汽车，司机一开快就不由自主地神经紧绷。就是胆小，没得治。但是这几天里，我还是玩了飞行伞，玩了浮潜，坐了快艇和香蕉船，电瓶车开到最快都嫌太慢。
一次次临头的时候后悔，害怕莫名其妙就这么在人生地不熟又遥远的地方挂了，身边那姑娘好歹和她男票一块儿呢，我就悲剧了。又一次次告诉自己说：设备都全活儿了，安保人员也都在，你怕什么？就是心理作用，99.9%不会有任何屁事儿的啊。

于是后来，我只记得第一次看见翡翠湾时，好像跟着墨镜大叔闯进了仙境一样，我这小半辈子都还从没见过这样琉璃一般干净的世界。
我亦只记得在天空里漫步的激动和舒畅，脚下就是马路和大海啊，好想就一直一直那样飞下去。
我亦只记得香蕉船起伏在海面上的时候，夕阳突然拨开乌云出来了，一片海都变成了金色的碎片，那场面超级梦幻。我看向阳光的方向，心里真真实实地想着：也许我这辈子就只能产生一次这么大的勇气，但就算只有一次，我也会终生难忘那片光芒万丈的海面。

到台北的那一天，我摁响门铃，一个精瘦的穿着粉色无袖格子裙的女人开了门，是民宿主人。她的声音那么轻那么温柔，像自家姐姐一样，很快把一切安排得妥妥当当。那时候我是带着"任务"去的，所以头一天晚上回来就跟她攀谈了起来，还拿出自制的故事本让她写。谁能想到啊，她非但没有觉得这人古怪，竟还一个人坐在桌后默默写了半个小时，甚至用粉色胶带给那页纸粘上了花边。

她写说，工作占据了大部分时间，虽然每天看着旅客们来来往往心里也会有些羡慕，但过去这一年她过得比以往充实多了。

她写说，十年之后儿子也十二岁了，应该会轻松些，那时候也可以投身社会，当志工和学校的导护妈妈。还想去意大利，因为看过一部喜欢的电影：《天堂电影院》。

她写道，现在一个人带着小孩，也希望将来能遇到一个疼惜自己的对象。

拿到她写完的本子，我感动得不知说什么好了。你能想象？第一次见面，竟然就能文艺得如此自然，真诚，甚至坦白。

我问她，台北大街上为什么那么多机车啊？她笑，说台北人爱骑机车。因为停车位少，机车更加方便。她说国中的时候男生就爱用机车载女生，这时候门铃响了，她小跑去给住客开门，还开玩笑地噘嘴抱怨，那时候她的男朋友年纪大一些，已经当兵了，所以都是自己骑车，没有男朋友带。

离开台湾的前一天，我还是回台北并落脚在了这里，临走前床铺上忽然多了一张明信片，她用娟秀的繁体字写着："你是一个如此特别的女孩。"
我听过那么多违心不违心的话，这一句最让我感动。它几乎能有一份力量，让我坚定以后的路，去做真正的自己，做一个特别的人，不管别人怎么看待。

台北之后，我去了垦丁，一个人从恒春的青旅骑电动车去后壁湖的海边潜水。
从隔间浴室出来的时候，天空已经变成了蓝黑色，听得见阵阵虫鸣，好像小时候一样。我磨磨蹭蹭走到浮潜门面里去拿衣服，老板看了看我，说，帮你吹吹头发吧。
这个身材高大皮肤黝黑叼着香烟的屏东男人，动作很轻柔地帮我吹着头发，他跟我聊起他今年十岁的女儿，带着沙哑的烟嗓，说像给女儿吹头发一样。虽然我也不是不知道，原来我看上去能有这么小。

白天的繁忙已经渐渐停歇了，店里几乎只剩下我一位客人，我看着外头的海面和后壁湖的灯光，想着一会儿要先去那儿吃传说便宜又大份的刺身。那感觉无比轻松。说起来，下午刚到的时候我还在想，台湾南方人真是比北方人要凶太多，又都长得五大三粗，很是唬人。

可教浮潜的老伯会拿看上去"很小只"其实是落了单的我当示范，这样就可以手把手教；忘了脱鞋，门店里的年轻人会开玩笑说"我以为你要把鞋子带回去了"；去冲洗的时候来回跑了好几趟，冲洗空地的老伯说"没关系你慢慢来就好了啦"，偷偷收集了石头和贝壳，他又和蔼地说这边的贝壳不可以带回大陆哦！

言语直接，却又有着无限的小温情。于是我知道，其实你们只是说话比较大声而已，才没有很凶。

等吃完刺身逛完夜市回来，天已经很晚了，我骑机车到《海角七号》里阿嘉的家，头上还戴着安全帽，轻轻敲着暖色调的日式推窗。

突然有男人在里头大声问："谁啊！"过了好一会儿他才打开窗户，一脸冷凝，让人却步。我轻轻说明来意，他说这么晚了谁有空跟你聊啊，"呼"的一声就关上了窗。

我在原地愣了一会儿，谁知几分钟后，屋里主人又打开门走了出来，是一个妇人和一个微胖的女孩。那妇人很自然地问候了几句，我也很自然地又一次问好和她聊起电影场景，还一起合了影。

原来，那个女孩有唐氏综合征。

后来这家人破例让我和另一位来自大陆的骑行客进去参观和挑选明信片，正逢有人来找男主人协商镇子上和政治相关的措施，两个人就坐着聊了起来，好像并不避讳我们的存在。

这是在我生活的城市里，完全不会有的真实的奇妙感。

去陌生的地方，遇见陌生的人，感受到不期而至的熟悉的温暖。这或许是一个人的旅行里最好的礼物。

印象最深的是从后壁湖去垦丁大街的那一路，我骑着慢吞吞的小电驴跟在一辆白色的汽车后面，海风拍着脸颊，我却是满心感动，禁不住想要流泪。

那是后壁湖吃海鲜时拼桌的一家五口：年轻夫妇、公公婆婆、怀里的婴儿。他们从高雄来度周末。吃完饭后天已经大黑，他们说，要么你搭我们的车一起去垦丁大街吧，机车明天再取。

我婉言谢绝，他们仍是怕我不认路，温柔地说，那你跟着我们的车吧。于是从后壁湖到垦丁大街的那十几公里，一辆白色的轿车在沿海宽阔的马路上几乎在用蜗牛的速度行驶，开开停停，只为了等一辆最高时速只有38码的电驴，为了把它和她带到热闹的垦丁大街。

有好几次，实在跟不上掉了下来，零星的车飞驰而过，四周除了路灯别无他物，就在害怕即将袭来的那一瞬间，闪着红色尾灯的小白车又会及时出现在视野里。他们在后视镜里看不到我，就会停下来等。

怎么会，这么好。

我说过自己不会期待人们有过多的善意，可这不期而遇的温暖，真的叫人眼泪都要涌了上来。

其实那趟旅行里，我倒也并不尽是一个人。

我记得骑车载着的那个武汉的女孩，她坐在身后，轻轻说着，不想离开。我听着耳边的风呼啦呼啦，看着绵延的海岸线和无际的原野，还有即将消失在马路尽头的夕阳，在心底里说：其实我也是。

她刚刚毕业在上班，说那些人际关系太复杂，那些人心都猜不透，生活真挺累的。可之前的她，分明是大大咧咧开朗可爱的模样，几乎看不出有什么烦恼。

原来独自到这座岛上来的人，其实都有各自想要暂时抛置脑后的人与事啊。

我们是在青旅相识的，她不会骑电驴，于是我和另外一个姑娘交换着带她。我们一起绕了大半个恒春半岛，一起到了台湾的最南端，坐在岸边望着太平洋的海水发呆。

一群人和一个人不一样，我们可以买一只椰子，三根吸管一齐喝。椰子汁好甜好清爽，全没有城隍庙椰子的腐烂味儿。趁着清爽她去骑了电驴，"突突突"地歪来歪去，竟然不一会儿就成功地学会了。

后来我为了赶班车所以骑得很快，没办法停下来看更久的风景。从风吹沙再绕回恒春小镇是不好辨认方向的乡间公路，天渐渐黑了，只剩我们在稻田和亮起灯的民宅中间疾驰。

我们仍是聊着天，说着有多喜欢这里的人情味和保留得如此完好的自然环境。我想起第一眼看到风吹沙的那片原野，广阔，寂静，纯净。湛蓝的海拍打着礁石，遥远的黛山里有鸟叫。站在绝壁上看着这一切，真的舍不得离开。

一个人去远方，其实也会觉得孤独。

我忘不了辣到流鼻涕的杏鲍菇的味道，是很想分享的味道，可那一刻身边没有人可以分享。

站在基隆的7-11里买高铁票，捣鼓了一整个钟头，一切都好像突然失去了意义。觉得无比疲惫和恼火，觉得不知道自己在做什么，觉得孤独和无所适从。

从垦丁回高雄，匆忙还了电驴，拿起行李去赶车，在那个很复古的车站等着，去扔垃圾也需要拿上行李。因为只有自己一个人。

后来终于搭上了八九点的班车，手机快没电了，靠在窗户边，看着月光下的海和民宅，觉得自己只是一个流浪灵魂借住的躯壳。想要漂泊在路上，又如此渴望安定。那份安全感，在那个时间地点，也许只有父母和他才能给我。

等到了高雄，同学没有如约而至。高铁站附近的值勤大叔又凶又冷漠，我一边翻着民宿软件，一边感受着此刻的失落与饥饿。仓皇之中落脚在了湖边深巷里的民宿，还好，幸运地得到了一间大床房。在忐忑中洗完澡能躺在温暖被窝里，就什么都原谅了。

这一路上绝没有完完全全的美好，可我知道，我统统都受得来。

回到上海那天，我发朋友圈说生活又会回归日常，谁知竟一语成谶。不仅是回归日常而已，却是比往常更艰难和辛苦。

那会儿我自己在诗里写啊：每晚我被扔进地铁/像被捡丢的游魂/飘零在漆黑隧道里的白炽光带中/找不到一片安歇的黑暗沃土……我脱不下生肌的壳/也装不进疲惫的魂。

是很真实的状态了，但旅行回来的我似乎已无多怨念了。我知道自己曾一度非常不喜欢生活了五年的这个所谓的国际化大都市。不喜欢到厌恶任何人说它的好，不喜欢到哭着打电话说想要回到家乡。

因为我觉得它的地铁空气浑浊，喜欢不喜欢的人都挤作一堆，急躁、怨念、死气和私欲会弥漫整个车厢，街道上渐渐多起来的灰尘会粘到脸上，周围的声音刻薄而聒噪，灰蒙蒙的建筑与河流冰冷而无趣。

但后来，我好像已经跟它讲和了。

我记得是一个下雨的晚上，我打的回住处，路上和Uber司机聊了起来。那大叔说自己是足球教练，从念书时就喜欢踢球，家里人一开始通通反对，也责备过他为此放弃出国的机会，但慢慢地，他们就都习惯了。

夜雨把映出霓虹的车窗都涂抹得模糊而绚烂，大叔说，人生能有多少年啊？不就是要做一点儿喜欢的事情吗。他也问起了我，然后在我到家下车的时候，摇下车窗探头说："祝你梦想成真！"

那一刹那，我忽然觉得像是一缕清风吹裂了被冻严实了的河面，这一整座城市都消融了原先的冰冷，连路边亮着白灯的破旧抓娃娃机都变得有些温柔可爱了。

从台湾回来以后，我又开始向往着新的远方，却也已经逐渐确定要久留的城市。这是一个成长的阵痛期，我知道自己在发了疯似的长大。在一个二十一岁将将停止发育的年纪。

而现在，我就要出发去做更喜欢的事情了。我渴望有所成就，亦不会再忽视那颗无法遏制的不甘平庸的进取心。

我还一直期待着下一次的一个人旅行，期待终有一天，我会拥有更强大的内心、更深入的交会，和更彻底的安宁。▶|

○　‖　⑪

我们终究会
牵手旅行

距离二十二岁只剩下六天的时候，我用工作一年攒下来的积蓄带着父母踏上旅程，在十三天里，途经了清迈、曼谷、新加坡、马六甲、吉隆坡、亚庇六座城市。

我还在朝气莽撞的年纪里，孑然一身的旅行是常有也是无所畏惧的，但这么些年来头一回做父母的向导，说没有一丝胆怯那定是假话。

此前我们三人已有近十年不曾一起旅行过了，我有一万个担心，害怕安排不妥，害怕天气不好，害怕代际冲突，害怕不够完美——事实上，后来这些担心全都发生了，只是竟也带来了意想不到的收获。

东南亚是没有充足预算的首选，新马泰是老掉牙齿的玩法。这是驴友们几番说过的话。

没错，确实是没有充足预算，所以才会花时间做出一大本攻略，想着怎样筹备一次性价比足够高的旅行，小心翼翼地用廉价的机酒博弈一份美丽的心情。讲道理，做攻略绝对是个辛苦活，可省心是钱包够鼓才配拥有的待遇。

好在琳琅的夜市和可口的水果并没有那么遥不可及，路线总会变老，而目的永远新鲜：想去萨瓦迪卡国体验马杀鸡，想去花园城市拜访大学好友，想去大马的小岛上看看白沙，想在路途上迎接我的二十二岁……这些零零碎碎的愿望早就足以振奋一颗即将远行的心了。

于是，即便直到出发前都是满满的不确定感，混杂其中的，也是藏在夹脚拖鞋和各色小裙子里的蠢蠢欲动。七月初的一个晚上，我们一家三口也总算是勉强整装，从长沙飞向了东南亚。

泰国：萨瓦迪卡，你们国家好好闻

飞机是半夜抵达清迈的。

在落地前斜飞了一段航程，透过舷窗可以看见天地相连，闪烁的灯光仿佛比繁星更加夺目。地上错落着依稀可见的低矮房屋，热带植物繁密茂盛，这分明是一幅我不熟悉的夜间风景，叫人期待又畏怯。

一切没有预想中的那么顺利，提前预订好的接机车不准时，久久联系不上中方客服，颇有些凶相的当地人没好气地叫你等在候机厅门内，说着听不懂的语言夹杂几句不礼貌的中文。

夜更深了，在陌生的城市面临着陌生的状况，我只得一面协调一面竭力安抚初次出国的父母，不免懊恼。

半小时后，车到底来了。踏出玻璃自动门的那一刻，阴霾扫尽，空气里弥漫着好闻的清香味儿，裹挟着丝丝热浪拂过脸颊，我还是微笑着对迟到的司机说了句"萨瓦迪卡（你好）"，算是给这为期十三天的东南亚之行打了板开了机。

清迈，清迈。我默念着，心里头没有半分概念，一切都需要眼睛的即刻所见去塑造这座陌生城市、这个陌生国家的模样。

车稳稳地沿古城的河往前开，两旁房屋低矮，时而穿插几座嶙峋寺庙，灯光格外清亮，一连串倒映在河水里微微荡漾，叫人恍惚不知身在何方。次日清晨，很早就被学校晨读和清脆鸟鸣唤醒，打开门，这座斑斓又古老的小城终于清晰可见。

这便是泰国了，永远弥漫着沁人心脾的香味的国家。倘若每座城市都会有自己的专属气味，那么整个泰国都该是这种淡雅清心的熏香味儿。

在这儿有时不时被惊走的小壁虎，有一步一个巨坑的亚洲象，有高大青翠的热带植物，有原始的突突车和双条车，有从不鸣笛的安静马路，有廉价美物摆满整条街的夜市，有金碧辉煌的焚香寺庙和虔诚的信徒，有微笑着热心帮助你的路人，自然也有贪婪狡诈一心绕圈子多叫价的Taxi司机。

若是想从清迈去曼谷，坐火车绝对是最温柔的方式。国人选择这条路的并不多见，一车厢全是欧美人，沿途都是热带风景，戴头盔骑着电动车的年轻人在轨道两旁的笔直马路上飞驰，夕阳渐渐隐去余晖，像是小时候的夏天那样平静舒适。

兴许是运气不错，我们乘坐的那趟火车没有晚点，头天下午上了车，第二天清晨就准时抵达。泰国的卧铺很是神奇，白天是一人一座，晚上在乘务员手中十几秒就拆装成了宽敞的上下两床，还贴心地装了床帘，在淡淡的熏香里盖上有些许温热的毛毯，便是许多年不曾相遇的安心宁神的睡眠。美中不足的地方自然也有，譬如车上不提供热水，乘务员出售的饮料又贵又难喝，但这些事并不足以扫兴。

早在临出发前，我又回顾了一些泰国电影和歌曲，学了几句简单的泰语，后来倒也派上了用场。

我在清迈的夜市跟卖披肩的小贩说"阔不昆（谢谢）"，他笑着纠正我说，女生应该说"阔不昆卡"。后来在曼谷要去大皇宫，不知道怎么买地铁票，随意问到一个穿校服的清秀少年，哗，那双东南亚式的深邃大眼也真是很迷人了，温柔耐心的样子叫人瞬间少女心怦怦。

七月是泰国的雨季，清迈的素贴山上迷雾重重，曼谷湄公河游轮的露天席位上也全是崭新的雨水，倒映出两岸的五光十色。游轮上碰见几个白皮肤的年轻人，借着船家的舞台和话筒蹦蹦跳跳自娱自乐，我站在船尾看着，不免生出几分羡慕。

"你看，你要是和几个朋友出来的话，该多好玩。"妈妈戳了下我的肩膀，指着那边道。

也许是吧，我笑。

可是即便如此，我也一丁点都不后悔这次的决定。自上了大学以后，故乡之于我就只有冬夏，没有春秋，失去了长期相处的机会，我与父母竟慢慢成了最熟悉的陌生人，对彼此的认知还停留在好些年前。

于是这一路的最开始，有互相之间的不信任，也有因为习惯不同而产生的争执，不停地磨合、磨合、磨合。但在那一刻，看见父母欢欣地加入各色人群中玩闹，他们似乎暂且遗忘了那些熟悉生活里的琐碎，疲惫的皱纹在光影里有了些许舒展，我就已经足够喜悦。

《暹罗之恋》里不也说吗："我们都因为爱犯过错误，值得庆幸的是，这是为了我们所爱的人，不是吗？生活总是给我们很多机会，让我们从头再来。"

还有这样的机会，真的很好了。

新加坡：再吃一次菠萝饭和魔鬼鱼吧

这次旅行里，我妈最喜欢的城市是新加坡，老实说，我也是。

那天下午从云雾林出来，她一个人撒着欢跑去滨海湾花园最边界的大草坪上，我和我爸追了很久都没跟上。半个钟头后才见她从拐角处迎面出现，笑得灿烂，握住的手机屏幕上还放着刚拍好的照片，她回身一指，说那上面真美。

我和我爸也走了上去，草坪尽头豁然出现一方湛蓝海面，泊进港湾的轮船远远近近，随意铺陈，好像小时候家里那种玻璃茶壶状的装饰品，水浪匀净，海天一色。朝反方向望去，能看见海湾那边是夕阳里高高矗立的新加坡眼和金沙酒店，近处草地上有人放风筝，有人骑车从旁边的车道呼啦直下，空气里满是生命的活力。

这种惬意的生活，大概任谁都难掩憧憬。

我大学很好的朋友是新加坡人，抵达她的国家的第二天，我在鱼尾狮那里见到了这位久别的老友，她穿着一身蓝色长裙，那时雨将将停下，阳光绚烂耀眼，像极了我的心情。我不敢妄论新加坡人都是怎样的，但在我看来，这个狮城姑娘待人总是温柔热忱，于自己却极其严苛，语调永远低沉稳健，当然，也时常犯点可爱的小迷糊，让人欢喜。

她领着我们去楼宇密布中别具一格的老巴刹，正是周五的午饭时间，这栋维多利亚的铸铁建筑里挤满了附近的上班族，印度人不少。我们在多边形的空间和形形色色的美食摊里兜兜转转，几乎迷了路，最后终于凑出了一桌特色佳肴。叻沙、菠萝饭、海南鸡饭，尤其是肉质鲜嫩的烤魔鬼鱼，都好吃到叫人沸腾。

总看见有攻略说新加坡没什么好玩的，说这是一座城市大小的国家，一两天就走完了。的确，就外表看上去，这里好像真的就只是一座环境极其整洁的普通滨海之城，因为面积有限，中心商务区的高楼大厦摩肩接踵，一不小心都该要碰到彼此了，大雨倾泻而下，在穹楼下躲雨，时空好像被压缩到最扁平，仰起头看看都很窒息。

但这样小的国家，又有着那么丰富的切面：唐人街有五颜六色的古早小洋楼整齐地立在一起，滨海湾有心旷神怡的无边泳池和叹为观止的玻璃生态馆，和租房的留学同胞聊天你会察觉到异国他乡的艰辛，在街边小饭店吃早餐又能感受到生活的庸常。它才不只是地图上的一个名词而已，而是活色生香的一片土地。

往往越是发达的城市，人情味越是稀薄，也就有越多的人在行色匆忙中失去了热情和方向。我们停驻过短，满眼都是它的舒适和美丽，却也不知道，这种享受是否只会为某些特定阶层而敞开怀抱。

"我爷爷他们那一辈从福建、广东过来的，都发财啦！什么年代都是勇敢的人才有机会的。"

从摩天轮上下来，我们打车回住宿的公寓，开车的华裔小伙看上去"很新加坡"，举手投足毫不局促，有着经多见广的随性慵懒和深入骨髓的礼貌教养，回应我父母的各种好奇时没有一丝不耐，却也没有许多激情。

这座临近赤道的发达的热带城市啊，似乎就是介于冷漠与真诚之间的。就像临走那天，在牛车水吃火锅，我稍稍央求了一下，店员便破格取下那只棕色的布朗熊公仔送了我。

他犹豫着，最后还是递给了我，他说"生日快乐"。那体面的笑容里，分明就是有温暖人情的。

马来西亚：嗨，你唱的童话里都有谁

从狮城坐巴士去马六甲的那天，正是我的二十二岁生日。我在过境处用新加坡的卡给朋友挂了最后一个电话后，手机就失去了信号。

这一天正赶上马来人的新年假期，过境处人山人海，足足排了四五个小时的队。于是只能在巴车上度过了生日的最后几个小时，也错过了一心想赶去的周末夜市。

深夜马六甲古城的街道上，绿灯亮起，一街的机车呼啸而过的时候，才后知后觉是在异国他乡。背后的沙爹朱律就要关门，磨着老板吃到了最后一桌，在不提倡烟酒的城市花了"天价"喝了一小瓶啤酒。妈妈皱着眉，说没来得及请我好好吃一顿，很愧疚。

可我真的一点儿也不遗憾啊，过了介意生日里有没有一个蛋糕的年纪，更希望解决好眼前的问题，让正在过的生活妥帖一些。又何况，重要的日子家人都在身边，就已经是难得了。

几个小时前抵达陌生的"Melaka"时，已是夜市褪去商店关门，没有通讯没有马币，跑来跑去安排一切，总算联系上了老板来接。

华人老板超温柔超好人，半夜了还开车带我们兜了一圈马六甲河畔，告诉说哪里好吃，哪里有什么故事，在我们吃饭的空隙把行李送回房间，并提前开好了空调。躺在房间里的大床上，空调里吹出凉风丝丝，就觉得再累也好圆满。

还有第二天送我们去马六甲海峡的马来司机，他笑着比起大拇指说了一句"Welcome to Malacca（欢迎来到马六甲）"，让心情瞬间晴空万里。这种切实的温暖，也让我喜欢马六甲更甚于吉隆坡和亚庇。

在吉隆坡，我和母亲再次起了争执，她似乎很不喜欢这座随处可见躺在地上衣衫褴褛的人的城市，人们眼神戒备，总显得不那么友好。她不觉得这里有什么好玩。辛苦安排好的行程里她都显露出不悦的神色，让一路把所有担子都放在自己肩上的疲惫的我彻底爆发。

那已经是旅行的倒数第二站了，在这个过程里，我终于意识到了眼前的这两个中年人的脆弱。

他们不再是学生时期我的脑海中无所不能的靠山，而是在异国他乡语言不通手足无措的需要照顾的人。他们的玩法过时，他们的应变能力不足，父亲甚至在再三鼓励之下，才敢去前台用我教给他的几个英文句子借几个衣架。

而他们也渐渐发现，在这种情境下，我不再是那个无时无刻需要保护的孩子，而是一个能为他们处理所有问题的成年人。

午睡的时候，我尚且有些气闷，却无意听见妈妈悄声对爸爸说："我没想到过她这么能吃苦的。"那时我侧卧在床上，背对他们假装睡熟了，却鼻头一酸，泪水在眼里直打转。

当天在吉隆坡塔上，我与母亲就和解了，我原谅了她的不解风情，她原谅了我的暴跳如雷。这是一座左手天堂右手地狱的城市啊，四百多米高的塔顶露台，我们直接坐在地上歇脚，三个人的发梢都被西天晚霞染红，那真是幸福到永生难忘的时候。
我们从下午一直待到暮色四合，整座城市在眼皮子底下燃起华灯，星星点点，远处清真寺传出的诵经声回响在半空，熨平一颗颗白日里被骄阳晒得无比焦躁的心，像是在俯瞰一千零一夜里的沙漠城堡，神秘而美丽。这几乎是这些天里我唯一喜欢吉隆坡的时候了。

我们很快就飞往了加里曼丹岛上的亚庇小城，那儿算是个出海的好去处。第二次浮潜的我已经不再害怕，但看着父母像是小孩初次接触新鲜世界一样地试探而后获得乐趣，于我确实是更大的喜悦。

出海那天我坐在船舱最前，押船的当地小哥一把将我从舱内拉上了甲板，我们并肩倚靠在游艇的船艏处聊天，船身随着海浪时起时落，周围一望无垠，在蓝天碧海的包围下叫人想不起一点儿俗尘旧事。

小哥大声唱着光良的《童话》，对他而言，这是一首并不甚解其含义的中文歌曲。他说起自己曾经交往过一个中国姑娘的往事，说分手之后的第三年，再在美人鱼岛看见她，她已然为人妻母了。

"在中文里，'童话'是什么意思？"他用英文问。
"美丽的故事。"我笑着答。

就像曾经的爱情，就像那里的大海和白沙，就像和亲爱的人一起的旅行，都是人世间的一个个童话，会破灭吧，但是终究会留下些美好。

后来我们没有去成号称有最美日落的丹绒亚路海滩，却连续看到了两次双道彩虹。生活总是在得失之间吧，错过些什么，也许就获得了其他一些什么，多么好。

十三天就在弹指一挥间，要离开的前一天傍晚，回到酒店时，我忽然沿着走廊奔跑起来，跑到顶头的窗边，趴在玻璃上，久久凝视着一方海湾和赤红落日。全然不知父母已经悄悄拍下了我的那个背影，那个恋恋不舍的背影。

美好的东西是要花点时间用心去铭记的吧，记住一个画面，记住一个瞬间。

于是在余下的岁月，当我再回想起这段别有意义的旅行时，也全是那个傍晚漫天的霞光，和身后父母无限温柔的笑意。►|

后记

被绑架的写作者

在动笔写这本书之前，我不知道哪儿来的自信，心想，不管怎样这些年也是文山文海里锻炼过来的人，区区二三十篇文章还是不在话下的。

谁知后来竟因迟迟交不完稿子，出版日期越拖越晚，从2017年到2018年，差点儿无限期延后。

只要这件事还没有完成，就每天都像达克莫里斯之剑悬在我心头上，叫人吃睡不安。可这世界上唯一不能勉强行事的就是和灵感有关的工作，那电光石火的一刹那可遇不可求，不是每天列好To Do List就能够按部就班交换而来的。两个小时挥笔而就和整整一天憋不出一行字的情况，我都曾有过，后者甚至更加频繁。

越往后，我越发丢失了最初的自信，觉得以自己目前二十多年的人生积淀，写写公众号和一期一会的杂志专栏或许还游刃有余，但远远够不上写一本书的分量。

更糟糕的是，我渐渐意识到自己的诸般不自由，像蹲在牢房里写绝笔，望着四壁丧失了想象力，丧失了对思维运筹帷幄的掌控力。

蒋方舟有一篇旧文题目叫《被绑架的盗火者》，讲一群少年的人生被倡导高考改革者的大义凛然所胁迫，而我并非为任何人所逼，完完全全是被自己在脑中画下的三尺禁地所绑架。

细说开来，我无非是被当下火热的文体绑架，被流行的三观和读者心理绑架，被身份标签绑架，被还未开始就想要结果的功利绑架。当这一切萦绕着我的时候，就像一只手脚被缚的小丑，拼命想迈开腿却只摔得一嘴泥。

我时不时要搜寻一些同龄人的第一本书，看看别人颇受欢迎的文章，像是在翻看试卷的参考答案，在为自己焊上一个四四方方的铁框：关于这件事，你做到什么程度算及格，什么程度能拿到A。

芦苇曾在访谈里说，他在写《霸王别姬》的剧本时，就会给自己找几个现成的电影当作参考坐标，让自己心里有底，做到什么程度才算好。他说这是一个非天才者的做法，但在他看来是相当有帮助的。

而我的确不是一个天才，事到如今我必须承认这一点。

高中毕业以后，我曾激动地在社交软件上写了类似如下的话：再也不用写800字的，永远自带一个总论点和三个分论点，填充一堆名人事迹的议论文了。

我以为自己终于可以放开缰绳，在文字的荒野上驰骋，伸手握住从天而降的闪电，伴着雷鸣痛哭嗥叫，像这个世界的破坏者，像这个世界的创造者。

而事实证明，高中毕业了六七年，我从来没有做到过"我手写我心"。我也仍然没有打破"议论式八股文"的禁锢，妄图把许多可能没有答案的事情归结为一个经不起推敲的定理。

当我有一份以文字为生的工作，偶尔有几十万人阅读我的文章的时候，我觉得自己写的都是快餐垃圾；
当我辞职，偶尔为杂志写专栏的时候，我亦觉得文字常被风格和主题所牵制；
当我得到出一本书的机会，当我开了自己的个人公众号，甚至当我打开日记本写只有自己能看到的话时，我终于悲哀地发现，我写不出来多少叫自己拍案叫绝的东西。

多数时候，只有一段一段破碎的思维，和一个一个掉链的事例，而我像个蹩脚的修理师傅，看着眼前拆分得七零八落的配件，勉强拿工具把它们拼装起来，做成一个自己也觉得无甚大用的机器。偶尔装完之后还有多余零件，只得攒起来放到下一个缺东少西的作品里。

泛滥的励志学教导你要相信自己，可是如果你清醒一点儿，就会发现，顶级人尖是不会有空一直怀疑自己的。他们的卓越让他们怀疑现状和改造世界的时间更多，只有智商情商都不上不下的人才会持续寻找方向，持续碰壁，持续怀疑自己。

就像《孤独小说家》里，39岁的小说家青田耕平，哪怕笔耕不辍也寂寂无闻多年，亲身经历写成的书，还不及二十多岁的矶贝久拿道听途说的同一故事写的作品。后者天赋异禀，或许是基因，或许是家教和启蒙，总之，就是能更轻易地达到每个人都想要的水平，甚至超出预期很多很多。

那么，平凡但还不至于无可救药的你，若仍是不死心想要天上的月亮，又搭不上宇宙飞船，要么永远做梦，要么只能选择去织就一轮心底的月亮，用绘画留住月亮的光辉灿烂，用相片纪录月亮的阴晴圆缺，用文字描述月亮的沧海桑田。不能得其神，那就得其形好了，这一辈子也算不得虚度。

写作本来就并非是想象中那么酣畅淋漓的工作，至少不像偶像剧里那么小资，穿得文艺靓丽，泡一杯红茶或咖啡，舒适地窝在宽阔书房里疾笔如飞。

真正的写作生活，常叫人绞尽脑汁，掏空自己。又时时要面临压力，同龄人的优秀作品层出不穷，一些前人在很年轻时就写成了经典之作，让你为之拍大腿叫绝的同时，又禁不住嫉妒不已。
可越是如此，就越是要花时间找到自我，探寻属于自己的，而非他人制造的天花板。

的确，以往的这些年，我几乎做任何事都会不由自主去想标准答案会是什么，努力去揣测出题人的心思，想要投其所好，从来没敢完全用自己的体验去书写答案。

高考是这样，所以考上了名牌大学，大学也是这样，所以有还算不错的实践履历。
可是毕业之后呢？社会里全都是没有标准答案的是非题，我只能越来越胆战心惊，如履薄冰。投机了这么多年，说要完全挣脱枷锁，信任自己的每一个决定，不去管能拿多少分数，真的挺难，但我总要试一试。
没有人想做一个盲目靠双脚追日的夸父，当我说我在朝着理想奔跑时，我也清楚那并不是一个如同夸父逐日一样虚伪狂妄的空想，我不过是想做一个务实的理想主义者。

大学毕业以后我曾在创业公司做新媒体，没有经过正规的培训，又总是拿不定主意，经常要去问头儿"这样做可以吗"，或者"你大概希望做到什么样？"那时也不过二十五六的他总是回我：我也不知道啊，你觉得怎么样好，就去尝试一下吧。

他迫使我自己去寻找一个出口，我常常因无助而跌倒在泥泞里，看不见洞口微光，他也只是说，没关系，多试试。

在无尽的怨愤和自我怀疑之后，居然真的慢慢有了起色，有了惊喜，有了相对瞩目的成绩。

于是开始频繁有人来请我做一些相关的指导，事实上我真的不知道该怎么传授秘诀，因为关于这份工作的所有一切，都是用很笨的方法，一脚一脚试探出来的。难道也叫他们花上半年去试？如果这样，可能不到一个礼拜他们就被老板开除了。

急功近利的社会等不起你的成长，但正是当初那个一无所有的平台，才让一无所有的我摸索到了许多自身的价值，认识到了成功的规则也许就是没有规则，让那些我原以为自己绝对做不好的事变成了有可能做得好的事。

我看到知乎上很多人说当下的年轻人对文字多么不尊重，随随便便就出书简直是对严肃文学的亵渎。有时候这些话会让正铆着劲儿要出书的我面红耳赤，但我要是因此而不敢动笔了，又不是天才的我大概一辈子也别想走好这条路。

不写当然不会出错，但也永远不会前进。黑泽明在他的自传《蛤蟆的油》的卷首里就对后生们说："不要怕丢丑。"

被看笑话几乎是必经之途，而一切听从内心的意愿下笔写字的人，但凡他有一点儿经历，有一点儿独立思考的能力，对这个世界有一点儿独特看法，那么他所写的东西，除非特立独行到了偏激不堪的地步，否则一定是能够引起一部分人的深切共鸣的，人数多少而已。

用自己的文字来挑选读者，就像不同的音乐风格有不同圈子，爵士的归爵士，嘻哈的归嘻哈，大家各得其乐。

我知道自己必须要放松下来，克服对结果的恐惧与紧张感，不必期待过多，更不必设限过多。写是我的事，评价是他人的事，我不必也无法替别人忧虑，唯一能做的，只有尽力把握我所能够掌控的部分。

人们都说写作的人最开始都是从自己写起，比较容易，也比较可信。我这样做了，有无意义不好定判，只敢说，这些文章足以汇集成一个现下的我自己，让你们透过一页页充盈着淡淡油墨味的纸张，看到一个也许奇异但足够真诚的内心世界。

这一切从来都不是在撺掇谁要活成一模一样的状态，不过是提供一种看法，纪录这个时代的一个微小切面，拿自己做一个非典型时下青年的标本，解剖开来展示给大家看着玩儿罢了。

若你真有看到什么值得一顾的东西，也就是我的莫大荣幸了。

图书在版编目（ＣＩＰ）数据

我生在 1994，我是不是老了 / 陈鹿鹿著． — 郑州 ： 河南人民出版社，2018.5
ISBN 978-7-215-11448-7

Ⅰ．①我… Ⅱ．①陈… Ⅲ．①故事－作品集－中国－当代 Ⅳ．① I247.81

中国版本图书馆 CIP 数据核字（2018）第 061692 号

河南人民出版社出版发行

（地址：郑州市经五路 66 号 邮政编码：450002 电话：0371-56782056）

新华书店经销　　北京盛通印刷股份有限公司印制

开本 880 毫米 ×1230 毫米　　1/32　　印张 7.5

字数 150 千字　　　　　　　　　　插页 16

2018 年 5 月第 1 版　　　2018 年 5 月第 1 次印刷

定价：39.80 元